パリ行ったことないの

山内マリコ

集英社文庫

もくじ

第一部

本文デザイン　佐々木暁

パリ行ったことないの

第一部

猫いるし

あゆこは大学院を卒業した年からもう十年の間、『フィガロジャポン』を定期購読しているというのに、パリに行ったことがない。パリどころかそもそも、一度も海外旅行をしたことがなかった。

そのことを人に話すと、大抵ぎょっとされる。だから相手がそういったお決まりの反応を見せる前に、あゆこはいつもこう言って先手を打つのだった。

「猫飼ってるから」

そうすると彼らは簡単に納得して、別の話題へ移ってくれる。彼らの多くは都心のアパートに一人暮らししている身だから、あゆこと同じように猫を飼っている人は稀《まれ》だった。どの人も、「いいな。あたしも猫飼いたいな」と羨ましげに返すけれど、「でもうちは猫飼えないんだ」とつづける。そのロジックは、あゆこにとっての海外旅行とまるっきり同じだ。

「行ってみたいとは思ってるけど行けないの、猫いるし」

その言い訳めいた言葉が、あゆこの中にある種の後ろめたさとなって、静かに積もっていく。

人はいつどのような流れで、海外へ行くものなんだろう。学校を出た年からいまに至るまで、金銭的な余裕なんてなかったし、誰にも誘われなかった。高校と大学のときはグループで卒業旅行に行ったものの、どちらもディズニーと名のつくところで、あゆこは便乗する形で付いて行ったに過ぎない。本音を言うとあゆこは、どうしてもディズニー的なものに夢中になれないでいたが、そのことは誰にも言わなかった。みんながアトラクションもそこそこにグッズを買い漁《あさ》る中、あゆこは缶入りのクッキーを一つ家族へのお土産として買っただけで、まんまるい耳の付いたカチューシャやぬいぐるみの類は一切買わなかった。そのときも、両手いっぱいに袋を提げる友人たちに不思議がられたが、嗜好《しこう》のズレを主張できないまま、「いまお金なくて」と適当なことを言ってごまかした。ディズニーがそれほど好きじゃないと言うと、なんだか孤立してしまいそうな気がしたのだ。

思えばあゆこはこういった、圧倒的にメジャーなものにあまり縁がない。八〇〇万枚以上売れた宇多田ヒカルのファースト・アルバムも持っていない。村上春《むらかみはる》樹《き》の小説も読んだことがない。スピルバーグの映画すら一本も観《み》たことがない。いい加減見分けがついてもよさそうなのに、ＡＫＢの顔が一向に憶《おぼ》えられない。

十億人が登録しているというフェイスブックもやってない。あゆこは世界の中心から随分と離れたところに一人立っている気がする。気がつけば、もう三十五歳。あゆこはこの年齢の意味が、最近ようやくわかってきた。結婚しておらず子供もいないと、ともすれば役立たずのような目を向けられることもある。「いままでなにしてたの?」という言葉に思いがけず傷つき、こちらから積極的に自嘲してみせないと、憐《あわ》れまれてしまう。当のあゆこは、なんだかまだ二十五歳くらいの気がしているのに。年齢と自分とを見比べると、気が急《せ》くばかりだ。

大学院まで出たものの、思うような職にも就けていない。いまは予備校の講師として高校生に英語を教えているが、それだけでは食べていけないので翻訳の仕事も知人に回してもらっている。もちろん文学作品なんて立派なものじゃなくて、もっとずっと退屈な、事務的なやつだ。細切れの仕事で余暇時間は奪われ、楽しみといえば眠る前のわずかなひとときだけ。

パジャマに着替えてシングルサイズのベッドに入り、パリのガイドブックをめくるのが、すっかり習慣になっている。行く当てもないのに購入したガイドブックは数年で情報が古くなるので、改訂版を見つけてはしょっちゅう本屋で買い直している。そして『フィガロ』でパリ最新情報を仕入れ、あゆこの中にどんどん、まるっきり役に立たないパリの知識が蓄積されていく。本を閉じて眠りに落ちると、当然のようにかなりの頻度で、あゆこはパリの夢を見た。行ったこともないのに、夢の中では細部まではっきりと、そこはパリなのだった。目が覚めたとき足の裏に、バレエシューズで石畳を歩いた感触が、たしかに残っている。

それだけ好きなのに行ったことがないというのも解せない話だが、あゆこの中でパリはどこか、架空の都市なのだ。パリへのぼんやりした憧れはいつしか純化して、それはほとんどファンタジーの域に入っていた。あゆこが夢見ているパリと現実のパリとは、同じなようで、なんだか違う。あゆこはもう何度も夢の中で、セレクトショップのコレットを訪れているし、シェイクスピア・アンド・カンパニー書店ではすっかり馴染《なじ》みの客である。そうして夢から醒《さ》めると枕元には飼い猫が丸くなって、あゆこはふわふわと幸せな心地がする。とてもとても満ち足りた気分。だからパリ、別に行かなくてもいいの。

休みの日、あゆこは積み上げられた古雑誌をまとめて処分しようと、名残惜しむようにページを繰っていた。そのとき、映画を紹介する小さな記事が目に飛び込んできたのだった。

〈主人公のディディーヌは、人生に消極的な女性。夢も意志もあるけれど、それを隠し、流されて生きている〉

それは二〇〇八年の『フィガロ』に載っていた、フランス映画祭に出品された映画の紹介記事だった。

人生に消極的――。

夢も意志も隠して、流されて生きている――。

吸い込まれるようにその文章を読んだあゆこは、これはまさに自分だと思った。ディディーヌはわたしそのものだ！

映画でも本でも、主人公のキャラクターにこれほどまでに強烈なシンパシーを抱いたことは一度もなかった。あゆこは床に座り込んで呆然《ぼうぜん》とページを見つめ、どうしようもなく胸が高鳴るのを感じた。観たい。この映画観たい。

映画『ディディーヌ』は、二〇〇八年のフランス映画祭で上映されたきり、日本では劇場公開もDVD化もされていないまぼろしの作品だった。そのことがわかると、あゆこはよりいっそう『ディディーヌ』に恋い焦がれた。ネットで調べたところ、フランスではDVDが発売されていることがわかった。けれど英語字幕が付いているかも、リージョンのこともわからず、取り寄せたところでちゃんと再生できるかは微妙なところだ。でも、せめてフランス語がわかれば仏版アマゾンで、買うだけ買ってみるのだけど。

〈ディディーヌは、するりと水の中を泳いでいく魚のよう。傷つくことを恐れ、自分を守るために、夢にも他人にも積極的に出られない〉

そこであゆこは長い長い眠りから醒めたように、はたと気がついたのだった。なぜいまのいままで、フランス語を勉強してみようと思わなかったんだろう。ああ、わたしはずっと小さな女の子みたいに、いつもただ漠然と憧れるばかりで、自分の足で一歩を踏み出し、近づこうとしたことがなかったんだな。あゆこはそんな自分の性格を改めて見つめた。そしてそんな自分が、突然、猛烈に、嫌で嫌でたまらなくなった。

三十五歳にもなって、まだ十代みたいなことを言っている自分。五年後は四十歳なのに。そのうち死ぬのに。

わたし、パリにすら行かずに、死んでもいいと思ってたの？

飯田橋駅で電車を降り、外堀通りの信号を右に折れ、坂を少し登ったところにその学校はあった。アンスティチュ・フランセ東京。日仏学院という昔の名の方が、あゆこには親しみがある。

大きな看板もなく、気づかずに通り過ぎてしまいそうなほど静かな場所だった。急な坂を登り切ると、芝生の広がったこぢんまりした庭があり、目の前にはブラッスリーや、ちょっとしたステージがあった。アイビーグリーンに塗られた書店、外国の雰囲気が漂うオープンな校舎。あちこちにさり気なく置かれたベンチに腰を下ろし、あゆこは目を閉じた。

ぽかぽかの日差しと緑の匂い、どこからか聞こえてくるフランス語の会話。なつかしい学生気分。東京にいるといつもほのかに感じる、殺気立った緊張がゆるゆるとほどけ、あゆこはこれがパリの空気なのかと思った。

隣に人の座る気配がして目を開けると、フランス映画から抜け出したような女の子が座っていた。背筋が快活にピンと伸び、フランソワーズ・サガンのような、ふわふわした栗色《くりいろ》のショートカット。デイパックを傍らに置き、脚を組んで分厚いペーパーバック版をめくる彼女は、あゆこの視線に気がつくと、にこりと口角を上げて“Bonjour.”と言った。

あゆこも「ボンジュール」と、たどたどしくその発音をなぞる。彼女は本を閉じ、向き直ってこうつづけた。

“Êtes-vous une étudiante de cette école?”

あゆこはちんぷんかんぷんで、“I am sorry, I don't understand French.”と返すのが精一杯だ。それを受けて彼女は、もう一度英語でこう言い直した。

“Are you a student of this school?”

あゆこはその問いにノォとこたえると、照れながら英語で打ち明けた。

「わたしには、どうしても観たいフランス映画があります。わたしはそれを観るために、フランス語の勉強をしようと思っています。フランスに行き、ＤＶＤを買って、その映画を観たいのです」

「それはなんという映画ですか？」

「『ディディーヌ』」

「その映画なら、フランスでとても話題になりました。ここの図書館にもあるかもしれません。案内しますよ？」

いつもなら、あゆこは言われるがまま好意に甘え、ＤＶＤを手にすれば観もせずに満足していただろう。けれどあゆこの望みはそれじゃない。それがあゆこの夢ではないのだ。あゆこは唇をまっすぐに結ぶと、ちょっと困ったような笑顔で、けれどきっぱり宣言した。

「大丈夫です。ありがとう。わたしはフランスに行って、自分の足で、その映画を探したいのです」

雨ばっかり

かなえの住む町は、日本でいちばんの雨量を誇る。ここ二十年の異常気象で順位はだいぶ入れ替わり、いちばんと断言できるような記録は出なくなったものの、町の入り口にそびえる傘の形の大看板には、いまも《日本一雨の降る町へようこそ！》と自信満々に書かれ、駅前にもその手の看板がたくさん掲げてあった。え、雨推しなわけ？　と、町を訪れる観光客は笑う。町のもう一つの自慢は温泉だから、首都圏から足を運ぶたくさんの人が、まちづくりの一環で整備された石畳を——といってもブロックを敷き詰めただけの、旅情なんて皆無の真新しい舗装路を——我が物顔で歩いていく。駅のそばには無料の足湯がもくもくと湯気を上げ、似たような菓子折りを積み上げたみやげ物屋が並び、バスツアーでやって来たおばちゃん連中は無邪気に財布を広げるが、若いカップルや女子グループとなると、なにも買うものがないわと言いたげな顔をして冷やかすだけで、町並みにもすぐに飽きてしまう。そして彼らは界隈《かいわい》で唯一雰囲気のいいこの喫茶店に、時間つぶしに逃げこんで来た。

喫茶店はかなえの叔父が道楽ではじめたもので、こげ茶色のレトロな内装にアール・ヌーボー風の調度品が並び、この温泉地を舞台にした二時間ドラマでは、必ずといっていいほどロケ地に選ばれてきた。十津川警部も浅見光彦も女検事・霞夕子もみな、事件の手がかりとなる人物に、この店で話を聞いている。有名俳優と叔父が並んで写った記念写真は真鍮《しんちゅう》の写真立てに収められ、壁にはターナー風の風景画とすずらん形の間接照明、出窓には本物か偽物か謎のエミール・ガレの花瓶が飾られている。昼間でも仄暗《ほのぐら》い穴蔵のような店だ。

土曜日。ドアベルのカランカランという音とともに入ってきた若いカップルは、写真立てをしげしげ覗《のぞ》き、くすっと笑い合ってから窓際の席についた。今風のファッションに無遠慮な態度。若さってそれだけで人を傷つけるな、と思いながら、かなえはお冷《ひや》とおしぼりをテーブルに置く。

「あ、電波は入るんだ」

女の方が、「見直したわ」とでも言うようにつぶやいた。メニューも見ずに二人してスマホに夢中になって、まるで大学生のようだが、もしかしたら自分と同い年くらいではないかとかなえは思う。

かなえは今年二十九歳になるというのに、未《いま》だにドアベルのカランカランという音に振り返るとき、そこに王子様が立っているという妄想から卒業することができないでいた。ひなびた温泉街にやって来た運命の人に、どこか遠い街へ――できれば本物の石畳が敷かれた街へ――連れ去られることを、期待せずにはいられなかった。

これは恋愛に縁のない夢見がちな女の世迷《よま》い言《ごと》なんかじゃなくて、切実な祈りだ。かなえは初恋の相手にして十年つき合った中学の同級生と、四年前に別れている。浮気した相手に子供ができたから、責任を取ると言ってそっちへ行ってしまったのだ。

こういうドロドロした痴情のもつれは田舎町につきものだ。噂《うわさ》はすぐに知れ渡って、かなえはちょっとしたゴシップクイーンになった。この一年後に、郵便局長と事務のおばさんのW不倫が発覚して話題をさらうまでの期間限定だけれど、それでも十代の恋を実らせて幸せに生きてきたかなえには、取り返しのつかない痛手になった。勤めていたホテルを辞め、半年ほどのブランクのあと、この喫茶店に落ち着き、身を潜めるように働いている。

日曜はどの店も、夕方六時を過ぎると閑古鳥が鳴く。都会でためこんだ疲れを一泊二日の温泉で取ると、客はみんな月曜の仕事に備えて一斉に家路を急ぐのだ。だからドアベルが鳴ったとき、かなえはどうせ町内に住む常連だろうと思った。半袖シャツから伸びる腕をぽりぽり掻《か》きながら、いらっしゃいませ~と振り返る。

そこにいたのは、年齢不詳の華奢《きゃしゃ》な女性だった。花柄のサンドレスにゆるいパーマのかかった長い髪が垂れ、つば広の帽子をかぶっている。そのひとが入ってきた瞬間、店の空気がぱっと変わるのがわかった。

このひと女優さんだ——。

華やかな雰囲気に圧倒されながら、かなえは確信する。

えーっと、名前名前、あーダメだ、全然出てこない。

他に客のいない店内で、その女性は二人掛けの小さなテーブルを選んだ。帽子をさっと脱いで向かいの椅子の背もたれに掛けると、膝にのせたバッグの口金を開けて中から煙草《たばこ》を取り出す。彼女はメニューも見ずに「ブレンド」と言うと、細いメンソールに火を点《つ》け、口をすぼめて吸いはじめた。携帯も取り出さず、ただぼんやりと、煙草を吸いつづける。

かなえは豆を挽《ひ》きながら、給仕のときになんて声をかけようか、舞い上がって考えていた。ほかに客がいるならプライバシーを尊重して遠慮するところだけど、こんな狭い店内に二人きりじゃ、声をかけないのも逆に失礼と、自分に言い聞かせる。そしてスムーズな会話の入り口に相応《ふさわ》しい言葉をあれこれ浮かべてみた。

お一人ですか？（……どう見ても一人だ）

温泉ですか？（……それ以外なんの用がここに？）

「ロケですか？」

コーヒーカップを慎重にテーブルに置きながら、かなえはナチュラルを装って言った。

「え？」

癇《かん》に障ったのか、それとも本当にただ聞き取れなかっただけなのか。そのひとはかなえの顔を下から覗きこんだ。

かなえは、別に芸能人なんてよく来ますから、馴れたもんですよこっちは、という態度で、

「ドラマのロケかなにかですか？」

もう一度訊《き》いてみる。

そのひとは無言で首を横に振った。その振り方からは、もう長いことテレビドラマなんて出ていないわよ、という言外の意味まで伝わってくるようだった。

かなえは一瞬でなにもかも思い出した。随分前に——たしかまだ二十世紀に——世間をひっくり返すようなスキャンダルを起こして、それっきり彼女をテレビで見かけなくなっていたことを。

かなえがそのことを思い出したのを察したかのように、彼女は少しさびしそうに微笑《ほほえ》んだ。そのひとはもう若くはないが、もう若くはないことがある種の威厳になっていて、年齢からするといささか派手で露出の多い格好も似合っていた。お金持ちの外国人女性って、きっとこんな感じなんだろうとかなえは思う。

「ねえ、ここ座って」

そのひとは無邪気に目を細めて言った。それからかなえに、どうしてここで働いているの？　おいくつかしら？　ご結婚は？　などと立て続けに質問を繰り出してきた。

かなえはそのひとと向かい合って座り、気がつくと、まるで占い師に秘密を打ち明けるように、洗いざらい話していたのだった。幸福な十代、恋人の裏切り、狭い町に広がる噂、もうずっと誰ともデートすらしていないこと、それからドアベルが鳴るたび、運命の人だと期待してしまう子供じみた妄想癖も。

そのひとは激しく相槌《あいづち》を打ちながら、話を聞くあいだひっきりなしに煙草を吸って、灰皿の上には口紅がこってりついた吸い殻が山盛りになった。大変だったわね。気持ちはわかるわ。あたしもいろいろあったからね。そんなうすい慰めの言葉がときどき返ってくる。

「まあ、この町にいたら、この町の男としか知り合えないだろうしね」

「そうなんです」

「でも温泉に来る男って、みんな恋人と一緒なんじゃない？」

「そうなんです……」

話はそこで途切れてしまった。

それから彼女はコーヒーを飲み干すと、さてそろそろといった調子で、「お勘定お願い」と言った。

「え？」

今度はかなえがきょとんとする番だった。

え、もうおしまい？　いまから心の交流がはじまるんじゃないの？　スキャンダル経験者同士、もっと深いところまでわかり合えそうな予感があったんだけどな……。急に突き放されたかなえは、訊かれるままに自分の不幸をぺちゃくちゃ披露したことが、突然恥ずかしくなった。口に出してみればその話は、二時間ドラマのあらすじとしても最低の部類の、すごく陳腐な、安っぽい色恋沙汰にしか聞こえなかった。耳がカァーッと熱くなるのを感じながら、平静を装ってお代を告げる。

かなえがドアを開けると、とっぷりと日が暮れた町に、ミストシャワーのような霧雨が降っていた。降っているというよりそれは、舞っているという感じ。

「うわ、また雨」かなえが言うと、そのひとは上機嫌で、「パリみたいで素敵じゃない」と言った。

「え、パリってこんな感じなんですか？」

彼女はこくんとうなずく。

「パリはね、日照時間がすごく短いの。だからみんなひなたぼっこがしたくて、カフェでも道端のテラス席に座ってんのよ。ビュンビュン車が通って排気ガスだらけだけどね」

かなえはこの町の天気がパリのようだと知って、無性にうれしくなった。《日本一雨の降る町》という皮肉なキャッチコピーも、なんだかとたんにおしゃれに聞こえる。

「でもこういう湿気はパリにはないわね」

「べとべとしますよねぇ」

かなえは嫌そうに言う。

「それがいいんじゃない！　お肌もしっとりするし。パリって素敵だけど、ほんとかさつくのよ。水も石灰水だから肌も髪も傷むし。パリ行ったことないの？　じゃあ行くときは気をつけてね。水で顔パシャパシャなんて絶対ダメよ」

「憶えておきます」

そのひとは湯煙と霧雨のもやの中を、颯爽《さつそう》と歩いて行った。彼女が歩けばひなびたこの町も、パリの街並みに見える気がする。

テーブルを片付けるとき、煙草の箱が忘れられているのに気づいた。かなえはそっと一本取り出し、火を点けてみる。最初はむせたけれど、すぐに馴れた。肘に手をやりアンニュイを気取って、ふぅーっと高く煙を吐く。

ダークブラウンの天井に紫煙をくゆらせ、

「……パリかぁ」

かなえは生まれてはじめて、パリに行ってみたいかも、と思った。

一人でも行くわ

あなたはパリで生まれたのよ、という話をくり返し聞かされて育ったから、自分は赤ちゃんのときをパリで過ごしたのだと、さほは長いこと思い込んでいた。そしてそれを、ちょっとだけ鼻にかけていた。

成長するに従って自然と真実を知ることになるのだけど、正確にいえば彼女は、両親の新婚旅行先のパリでできたハネムーンベビーなのだった。それをはじめて知ったとき、さほは「ロマンチックだなぁ」と思うより前に、げ、キモい！　と思った。それから、あたしが生まれる前はパリとか行ってるくせに、なんであたしが生まれてからは海外旅行とかしないの？　と、イチャモンをつけるのが得意技になった。

就学前に一度だけ香港《ホンコン》へ行ったことになっているが、一つも記憶に残っていないので、なんだか騙《だま》されている気さえする。旅先での記念写真を「ほらね」と証拠のように見せられても、ちっとも腑《ふ》に落ちない。一九九七年七月、香港がイギリスから中国に返還され、記念に打ち上げられたとりどりの花火を、五歳のさほはフェリーの上からたしかに眺めていたのだけれど。

　バブル時代にド派手な式をあげて結婚した両親も、もうすぐ五十歳になる。まだまだきれいな母とは買い物友達だし、父親とは腕を組んでデートに行ったりする仲だ。それでもときどき、自分が生まれる前にさんざん楽しい思いを味わった両親のことを、勝ち誇ったように責める、嫌な娘になってしまうことがあった。

　世田谷育ちのさほは、高校生のころからクラスメイトとしょっちゅう渋谷に遊びに行っていたけれど、実は１０９よりも長野のおじいちゃんが連れて行ってくれるイオンモール佐久平《さくだいら》の方が好きだったし、のびのびできた。イケてる上位グループの下っ端構成員みたいなポジションだったさほは、なんとなーくみんなの後をついて渋谷に通っていたけれど、吉祥寺《きちじょうじ》の大学に進学し、アミちゃんという友達ができてからは、完全にこの街に入り浸った。駅にはアトレが入っているし、映画館もあるし、井の頭公園もある。アミちゃんが一人暮らしするアパートに転がり込んで、二、三日泊まっていくこともあった。

　アミちゃんはキャンパスの中でもひときわ目を引く色白の美人さんで、大きな瞳はうすい飴色《あめいろ》だった。高知県の出身で、語尾にはかすかな訛《なま》りがある。「高知にはこういうタイプの顔が多い」と自分の美しさを謙遜していたけれど、あるときさほが、自分はパリでできたハネムーンベビーだと話すと、アミちゃんははっとした顔で、それからちょっと恥ずかしそうに、実はフランス人とのクウォーターであることを明かした。

「えぇーほんとに⁉ スゴいじゃん‼ なんで隠してたの⁉」

井の頭公園のベンチに座り、さほは興奮気味に言った。

アミちゃんは、ちょっと肩をすくめる。

「だってフランス行ったことないし、フランス語も喋《しゃべ》れんもん。子供のころはガイジン、ガイジンっていじめられたし。恥ずかしいき、絶対誰にも言わんとってね」

それからアミちゃんは、いつか一緒にパリへ行こうよ、と言った。高知で生まれ育ちながらも、アミちゃんはどこか、自分の芯の部分が不確かな感じがしているのだという。いつか自分のルーツである場所に行ってみたいという思いは、アミちゃんの宿題のようなものなのだった。

〝ルーツ探しの旅〟という響きに、さほはうっとりした。アミちゃんの体を巡る血の中には、ヨーロッパのロマンが溢《あふ》れている。それに引き替え……。

「あたしの場合は受精だもんな」

さほがいじけると、アミちゃんはくくっと笑って、

「そしたらさほちゃんのお父さんとお母さんが新婚旅行で泊まったホテルに行こう」と、明るく言った。

「うちはキモいとは思わんで。お父さんとお母さんがエッチしたベッドでさほちゃんが寝ゆうとこ写真に撮ったら、絶対感動的やと思う」

二人はパリ旅行のために夜のバイトをはじめることにした。どちらもキャバ嬢なんて柄ではないから、ガールズバーのスタッフ募集に応募したが、女子大生だと言うと即決で雇ってもらえた。揃《そろ》いのTシャツにホットパンツのコスチュームはけっこう可愛《かわい》いし、常連さんも若い男性が中心。スケベで偏屈な中年客はめったに来ず、愛想良く笑ってお酒をサーブしていれば楽しく時間が過ぎる、なかなかいいバイトだった。

美人のアミちゃんは当然モテた。ちょっとだけ訛っているところも好評で、すぐにアミちゃん目当ての客がつくようになった。客が入れ替わり立ち替わりアミちゃんの気を引こうとやって来ては撃沈していくのを、さほは隣でケラケラ笑って観賞した。

「あたし水商売の才能あるかも」などと笑って、アミちゃんも客からの熱い視線

をスルーしている。二十歳そこそこのアミちゃんの手のひらの上で、男の人がデレデレといいように転がされるのは、どこか爽快だった。ただの愛想笑いに気をよくした男の人が、バカみたいにお酒を飲み、惜しげもなく大金を払っていく様子を見ると、なんてチョロいんだろうと思った。閉店後にレジを締めて売上を数えていると、自分たちは若さと魅力を武器に、この世をすいすい泳いでいるのだという手応えを感じた。あっという間にパリ旅行の代金分は稼いでしまった。

「ねえ、もっともっとお金貯《た》めて、二人でパリに住まん？」

アミちゃんはたくらみ顔で笑う。

さほも、それっていいかもと思った。就活からもお先真っ暗な日本からも逃げて、パリのアパルトマンでアミちゃんと二人、カフェオレでも啜《すす》りながら気ままに暮らし、ガールズバーを開くのだ。いいじゃんいいじゃん。誰もいない閉店後の店で二人、黄色い声をあげながらそんな話に熱中していると、人生は本当に、なんだって自分たちの思い通りになる気がしたものだ。

ところが、ある日ふらりと店にやって来たお笑い芸人に、アミちゃんが猛烈な勢いで恋をして、そんな無敵の時間は終わってしまった。

ずっと東京で育ったさほにすれば、友達の友達が雑誌に出ているとか、友達の彼氏の友達がジャニーズJr.とか、そういう例は身近にちょくちょくあった。通っていた私立の女子校は大ヒットした学園ドラマの舞台に使われていたから、ロケだってめずらしいとは思わない。嵐の櫻井《さくらい》くんと道ですれ違ったときはさすがにテンションが上がったけれど、別に追いかけたりはしなかった。だからアミちゃんが目を血走らせて興奮するような、芸能界への絶対的な憧れは、いまいち理解できなかった。

アミちゃんが恋をしているその芸人さんを、さほはテレビで何度か見たことがあった。正直、全然おもしろくないと思った。テレビの中ではカッコ悪いいじられキャラだし、スベってばかりだし、存在そのものが不発って感じだった。けれどお店に来るその人は、口もうまいし芸能人オーラもあって、その場の空気を一気に支配してしまうのだ。アミちゃんだけでなく、カウンターに入っているバイトの女の子のほとんどが、彼に夢中になって、取り合いになった。彼の気を引こうと、きわどい下ネタを言ったり、恋愛遍歴を語ったり、メンヘラをアピールしたり。小さな店の狭いカウンターの中は、妙な緊張感に包まれるようになってしまった。

あるときその芸人から、「色白だねぇ」と褒められたアミちゃんは、待ってましたとばかり、食いつくように言った。

「うち、フランス人とのクウォーターやき」

隣でビールをサーバーからジョッキに注いでいたさほは、「あっ」と思った。そしてカウンターにいるほかの女の子たちが、いっせいに神経を尖《とが》らせたのがわかった。

「えっ、クウォーター？　スゴくない？　つーか嘘《うそ》でしょ？」

彼のリアクションにアミちゃんは、プーッとふくれて反論した。

「んもぅ、嘘じゃないき！　うちフランス系やきアミって名前ながよ。フランス語で、友達って意味やって、お母さんが言いよったもん」

クウォーターだなんて少女マンガのキャラ設定みたいな素性だと、恥ずかしがって隠していたアミちゃんが、どんどん遠くなっていく。さほはアミちゃんのそういうところを、なんだかすごくいいな、と思っていたのに。アミちゃんは彼と連絡先を交換して外で会うようになると、さっさと店を辞めて、それからほどなく、大学にも来なくなってしまった。

「地方から出て来た子って、ほんとスゴいよね。あっという間に変わっていくんだもん」

さほと同じく東京生まれ東京育ちの子が、カウンターを拭きながら言った。

「あれってさぁ、なんなんだろうね？　あんなに思いっきり羽目外しまくれるなんて、ある意味羨ましいけど。いいの？　アンタは辞めなくて」

「いいんです、パリ行きたいから。もっとお金貯めたいし」

さほは水洗いした台拭きを、ぎゅうっとかたく絞る。

両親が新婚旅行で行ったパリのホテルに泊まって、二人がエッチしたベッドにごろんと横になった姿を、セルフタイマーで写真に撮らなくちゃ。

でも、そんなことをしてなにになる？

自分でもそう思いつつ、かといってほかにやりたいことも浮かばない。だからさほはその夢に向かって、今日もホットパンツを穿《は》いて店に立つ。

大人ですから

四十歳の誕生日はまだ平気だったけど、五十になるって、やっぱりちょっとキツい。誕生日をひと月後に控え、たえこはこのところ、いつもの自分を見失いつつあった。

セルフコントロールの鬼だから、三十代のころから体調管理は万全だった。エステに通い、仕事の傍らアロマテラピストの資格も取ったたし、ヨガも随分やりこんだ。数カ月に一度は週末をプチ断食に費やして腸をデトックスし、よっぽどのときは漢方の店に駆け込む。そんな長年の試行錯誤の末、体の不調を摘み取る能力が異常に進化した。あ〜このだるさにはタイ古式マッサージだな、肌がごわついてきたから夜はネロリの精油を焚《た》こう、たしかもう残り少なかったはずだけど。打ち合わせ中に頭の片隅で、そんな処方が同時にはじき出されていく。すぐさま予約の電話を入れ、手帳に予定を書き足し、余白のＴＯ ＤＯ ＬＩＳＴに「精油の補充」と付け加えた。

たえこは体だけじゃなくて心の不調にも敏感だ。ちょっとでも心が曇っているのを感じたら、二十年来の友人である占い師の真弓ちゃんの元へ駆け込む。青山のカフェテラスで苦みの強いコーヒーを飲みながら憂鬱を吐き出し、今度は体の声じゃなくて星の声に耳を澄まし、これからの展開を探る。

「そろそろ老後のことも考えないとね」

同世代の真弓ちゃんもたえこと同じく独り身だから、最近のもっぱらの話題は、田舎に残してきた親のことやお墓のことだ。

「秋田に帰っても、やっていけるとは思うのよ」

父親が入院中の真弓ちゃんは、東京を引き払うことはもう決めていて、あとはタイミングだという。転居にいい時機を待ちながら、身辺を整理する心づもりでいる。

「真弓ちゃんはいいよね、手に職だし。しかも元手もいらないじゃない。どこでだってやっていけるわよ。あたしなんかぷらぷらやってきちゃったツケが……」

たえこは〝デザイナー〟とだけ書いた名刺を武器に、トレンドに合わせてなんでもやってきた。広告の仕事もしたし、雑誌の創刊に関わったこともある。一時期は建築事務所に出入りしていた。人脈だけが頼りの業界で、美人で人当たりのいいたえこは人気があったし、実際センスだけは自信があるから、どの仕事でも的は外さなかった。ここ数年、可愛がってくれた年上の人たちが、年齢と相談しながら無理なくできる仕事を選ぶようになり、それに合わせてたえこの専門分野もゆっくりシフトして、いまはニットデザイナーに落ち着いている。

「でも、やっぱりお店が、いちばん性に合ってたかな」

デザイナーを自称するようになる前、たえこはアンティークアクセサリーを扱う小さなお店をやっていた。バブル真っ盛りの、なんでもピカピカに新しいものが良しとされた時代に、ちょっとクセのある尖った人が、口コミで訪れるような店だった。気まぐれに店を閉めて、ふらりと外国へ買い付けに行くような生活を数年送った。

「楽しかったなぁ～」

たえこはそのころの暮らしが、まるで夢だったように思えてならない。まだ二十代なのに、老けて見えるツーピースを着て、おじさんたちと互角に渡り合った。

「またやればいいじゃない」

「バカ、愛人のお金でやってたんだってば！」

たえこはざっくばらんに笑ってみせるけど、それなりの代償を払っての不倫だった。すべてが終わったとき、たえこは三十七歳になっていた。

「だから、今度は自分のお金でやんのよ」と真弓ちゃん。

「宮崎で？」たえこは顔をしかめる。

「遊びに行くわよ、あたし」

真弓ちゃんは子供っぽい上目遣いをしてみせた。

たえこは生まれが宮崎で、大学のとき福岡へ出た。四年間遊び倒して、卒業後、当てもないのに東京に来ている。福岡には都会に出たいと望む九州中の人が集中するが、そこからさらに東京を目指すとなると、かなり人数が絞られる。たえこは高校生のときに観て憧れた、『四季・奈津子』の烏丸《からすま》せつこになった気持ちで、新幹線に乗った。

手痛い不倫を清算するのに十年もかかったのは想定外だったが、もともと結婚願望はないし子供も苦手だから、仕事と、友達に囲まれてのディナーという人生に充足していた。でも、自分でそう思っていても人からどう見られているかはわからない。「わたしは自分の人生に満足しています」と、背中に貼り紙でもしておきたくなるような目で見られることも多くなった。三十代の匂いを残していた容姿も、ここ数年で完全に次のステージに移行して、また手持ちの服が似合わなくなり、スキンケアの価格帯をワンランク上げた。なんだかもうあとがない気がして、たえこは暗にぞっとした。

でも、それは別にいい。年齢を受け入れて、そのときどきで似合うものを模索するのはむしろ楽しみだから。たえこは自分のスタイルをかっちり決めすぎることよりも、柔軟に流行に乗ることを好む。

耐えられないのは人々の視線だ。自分を素通りしていく男たちの視線、おばさんだとわかった途端、「なーんだ」と武装解除する女たちの視線。自分から、「やぁ〜あたしももうババアだから」なんて自嘲して、余裕のある大人アピールをしてみせないと、逆に気を遣われてしまう。

どれだけきれいにしていても、この国では、おばさんはおばさん。それ以上でも以下でもない。可愛いおばあちゃんは愛されても、おばさんは唾棄《だき》すべき存在と疎まれる。わかっていたこととはいえ――オバタリアンなんて言葉が流行《はや》ったとき、たえこ自身が率先して「やぁねオバサンって」と眉をひそめていたとはいえ――、身なりにも言葉遣いにも仕草にも気を配っている自分のような女までが、あの視線を注がれていちいち傷つくほど、それは過酷な制裁なのだった。

「あーパリ行きたいな」

つい、たえこはそう口にしてしまう。

「飽きるくらい行ったんでしょ？」

「若いころね」

そうだ、若いころに行ったパリという街に、たえこは徹底的に軽んじられた。お金だけ持って土足で人の国を踏みにじる、クレージーな買い物客として。分不相応な買い付けをしていく、ものを知らない憐れな若い女として。

パリの人々は愛想なんて振りまいてくれなくて、カフェオレをサーブするときでさえ人を軽蔑するような目でガシャンと置いた。人種差別だ！　と内心憤慨していたけれど、何度も通ううちにだんだんわかってきた。この街では若い女であることに、たえこが思っているほどの価値がないのだ。その証拠にレストランでは、同じ日本人でもゴージャスに着飾ったたえこより、みすぼらしい格好の年寄りの方がいい席に通された。メトロの中でシートにどっかり腰を下ろしていた若者が、老人に席を譲るようマダムに注意され、素直に言うことを聞いているシーンも見た。そのときのマダムが醸す威厳に、たえこは深い感銘を受けた。

あのころは世の中にお金がたくさん出回っていたから、「お金で買えないものはなーんだ」というなぞなぞをよく耳にした。答えはさまざまだ。「愛」だったり「空気」だったり。若いたえこは「尊敬」と答えた。男の子たちは「尊敬こそ金で買える」と否定したけれど、相手にしなかった。お金なんて、たくさん持っていたらむしろ軽蔑されることを、たえこは経験していたから。

「パリなんて、そういえばもう十年以上も行ってないわ」

「行っちゃいなよ。お金はあるんでしょ？」

「老後に備えて積立増やしたのよ。だからない。ないない、お金なんて」

「そんなの……」あなたらしくない、という言葉を真弓ちゃんがのみ込んだのを、たえこは察した。〝あなたらしさ〟で焚きつけて、迷っている人の背中を無理やり押すなんてこと、真弓ちゃんは職業柄絶対にしない。真弓ちゃんが大事にするのはタイミングと、それから相性、そして本人の直感だけだ。

真弓ちゃんは目を閉じると、たえこの生年月日を暗算して、行くなら来年かな？　と言った。

「来年かぁ〜」

今度はたえこが目を閉じて、パリの景色を思い浮かべる。東京の街にはもうワクワクしなくなったたえこも、パリへの憧憬はいまだ尽きない。それに大人になってから行くのは、はじめてかもしれない。

「なに言ってんの、あんたもうずっと大人じゃない」

真弓ちゃんは呆《あき》れ顔《がお》だ。

「違うの違うの。マダム感ってこと！　四十のとき、マダムなんて感じ、しなかったでしょう？」

「いまの四十は昔の三十だからね」

「ガキンチョよね」

二人はふふふと笑って、二時間前よりちょっとだけ元気になって、駅で別れた。


東京メトロ銀座線に乗り、たえこは吊《つ》り革《かわ》につかまりながら窓を眺める。地下鉄の窓ガラスに映る自分の顔は、今日も最低だ。肌はたるみ、眉間は険しく、ほうれい線もくっきり。たえこは思わず目を逸《そ》らす。その視線の先に、白髪の小柄な女性がいた。まごうことなき高齢者。でも、誰も彼女に気づいていない。気づいていないふりをしているのかもしれない。

たえこは自分の前の優先席に、どっかり座ってスマホゲームに熱中するサラリーマンに、ほとほと呆れ、苛立《いらだ》った。そしてその苛立ちが、実は自分自身に対するものであることに、たえこはそのとき気がついた。

……コツン、コツン。

たえこはハイヒールのつま先で、若いサラリーマンの革靴をつつく。サラリーマンがイラっとしたのがわかる。

もう一度、コツンコツン。

サラリーマンは今度は明らかな不快感でもって、ギロリとたえこを仰ぎ見た。たえこはゆっくりと目顔で、白髪の女性の方を指した。サラリーマンは「は？」と眉根を寄せる。不審者を警戒するようなその表情に、たえこは小さく傷つく。けれどもう一度、たえこは合図してみせた。ねえ、ほら、気づかない？　見えるでしょ？　あそこに立っている女性が。

ついに合図を受信したサラリーマンは、慌てて席を立ち、不器用に席を譲る。老女は恐縮しながらもにっこりと笑顔を見せた。いたわってもらえたことがうれしくてたまらないといった、とても可愛らしい表情だった。何度も何度も頭を下げる笑顔の老女と、いまどきめずらしく親切な、感心な若い男。そこにだけぽっと、あたたかで親密な空気が充満する。

東京メトロ銀座線に小さな奇跡を起こしてたえこは、無言で電車を降り、颯爽と歩き去った。

彼女を探しに

同じ官舎に住むママ友の三村さんが、ここ最近ベネディクト・カンバーバッチにご執心で、ななみは『シャーロック』という海外ドラマのDVDを、半ば押し付けられる形で借りた。二歳になる美海《みう》の世話で手一杯なのに、こんなもの観る暇あるかなぁと思いつつ、「絶対ハマるから！」とお墨付きだったし、ななみもそれなりに期待して、夜中に再生ボタンを押した。

ちょうどそこへ夫が帰ってきたので、開始早々に停止し、ななみは台所に立つ。おかえり、と声をかけても、聞こえているのかいないのか、夫はろくに返事もせず、Yシャツを脱ぐなり冷蔵庫から缶ビールを出して飲みはじめた。

「おかえり」

嫌味を込めてもう一度言いながら、こたつテーブルの上におかずを差し出す。かぼちゃと豚肉とまいたけを白だしで煮たものは、すっかり煮崩れてしまっている。

「味は悪くないのよ」

と声をかけても、夫はふんと生返事をしただけで、箸をつけようとしない。結婚して五年経《た》ったいまも、ななみは新婚のころと変わらず料理が苦手だった。味が良ければ見た目がダメだし、見た目が良ければ味がぱっとしなくて、いつも自信なげに手料理を差し出す。子供が生まれてからは料理にかけられる時間もなくなり、おかずのほとんどが生協頼みになっている。生協の人が配達してくれた蛸《たこ》のお刺身を冷水で解凍したり、同じく生協で買った真鱈《まだら》の塩麴《しおこうじ》漬けの切り身をグリルで焼いたり、あれやこれやとどうにか品数を増やして、お腹《なか》がふくれると夫は風呂にも入らず寝床についた。官舎は典型的な四人家族向けの古い団地で、部屋はすべて畳敷き。茶の間とふすま一枚隔てた和室に、三人で川の字になって寝ている。残りの一部屋は引っ越し以来ずっと物置だ。夫の残した煮物や魚の皮をぱくついて、ななみは汚れたお皿を流しに下げた。

蛇口をひねりジャーッと水が勢い良く出ると、慌てて水量を抑える。結婚したばかりのころ、深夜にこうしてお皿を洗っていると、床《とこ》に就いたはずの夫が顔をしかめて後ろにぬっと立っていて、「水の音がうるさくて眠れない」と、クレームをつけてきたことがあった。それ以来、深夜はちょろちょろの水で、すすぐようにしている。

こういう日々のちょっとしたストレスも、三村さんあたりに笑いながら話してしまえば楽になるのかもしれないけれど、ちょっと強引なところのある三村さんのことだから、「それ絶対にモラハラよ！」なんて言われそうで、怖くて口をつぐんでしまうのだった。昔は夫と、もっと対等につき合えていたのだが、妊娠して仕事を辞めてからは専業主婦の身。自分で稼いでいないことが妙に後ろめたくて、ななみの声はだんだん小さくなっていった。

ちょろちょろの水で食器洗いスポンジを濡《ぬ》らし、洗剤をつけて泡立てる。美海の使ったメラミン樹脂の食器や、家事の合間にさっとかっ込んだ玉子かけご飯の跡が黄色く残る自分のお茶碗《ちゃわん》を洗い、最後に夫が箸をつけたお皿にとりかかる。ななみがお皿を洗うときは、決まってその順番だった。美海、自分、それから夫。洗濯物もそうだ。美海の服は無添加の洗剤で洗い、そのあと自分の分を回し、最後に夫。これは別に汚いと思っているからではなくて、ななみの気に入っている柔軟剤の甘ったるい匂いが、夫の服につかないようにするための配慮である。いちいち先回りして、夫の癇に障らないような行動を選ぶ日々は、少しずつななみを息苦しくさせる。

洗い物を終えると、夫のためにとっておいた、お風呂の栓を抜きに風呂場へ行く。銀色のボールチェーンに手をかけた瞬間、急にお湯に浸《つ》かりたくなって、バランス釜の着火レバーを追い焚きに回した。十一月を過ぎると、ななみの手足はいつも冷たい。脱衣場らしきスペースもないため、玄関ドアの真ん前で服を脱ぎ、足先をそろりと湯船につけると、チクリと刺すような刺激がある。お湯はぬるいが、冷えきったななみの足には、最初は熱湯のように感じられるのだった。

こうして一人で入るとき、ななみは風呂場の電気を点けない。電気代がもったいないからでもあるが、リビングの明かりがほどよく漏れてくるこの方が、リラックスできるのだ。台所も茶の間も寝室も蛍光灯だから、なんだか疲れが取れない気がする。引っ越し前は間接照明にしたりソファを置いたりして、部屋を素敵にしようと夢想したものだが、仕事に家事が加わってそんな余裕もなくなり、この二年は美海の世話にかかりっきり。ななみは狭い湯船に体を沈め、あごまでお湯に浸かって大きなため息をついた。

体が温まると栓を抜き、バスタブについた垢《あか》をさっと手でこすり落とす。粗品のタオルで肌の水気を拭うと、抜き足差し足で茶の間に戻り、せかせかとパジャマを着てこたつに入る。これでようやく『シャーロック』の続きが観られる。六畳間に置くには明らかに大きすぎるプラズマテレビを、食い入るように眺めた。

画面に登場した二人の俳優が、ななみにはどちらもカッコいいとは思えない。それにホームズとワトソン、どっちが三村さんのお目当ての人だ？　スマホで調べてみたところ、あごの尖った巻き毛の方が主役であり、ベネディクト・カンバーバッチだとわかる。

え？　ほんとにこの人⁇

琴線にまるで触れないその俳優を、しげしげと見る。三村さん、なんでこんな俳優にハマってるんだろう。十五分、三十分と経つが、やっぱりその良さはまるでわからない。だんだんななみの姿勢は崩れ、クッションの上に頭をのせて、横になってしまった。

ドラマを流し見ながら、手元ではスマホをいじっている。三村さんになんて言おう、名前はカッコいいね、とか？　明日の朝、ゴミ集積場のあたりで三村さんと顔を合わせたときのことを、いまから考えてなんだか気が重い。名前くらいは憶えなきゃと思うが、あまりにも複雑で独特な名前だから、憶えられる気がしない。ベネディクト・カンバーバッチ、ベネディクト・カンバーバッチ。頭の中で復唱しながらエッグベネディクトと缶バッジを連想した挙げ句、ななみはふと、まったく別の人のことを思い出していた。

ベネディクト・ロワイヤン。

記憶の奥底から急に蘇《よみがえ》ったその名前は、一体誰のことだったか。


こたつの熱でとろけそうに気持ちよくなり、ななみはまぶたをうとうとさせはじめた。

夢の中でななみは、くすんだ色合いの街を歩く。建物の中に吸い込まれると、一枚の絵の前に立った。どぎつい色で母子像が描かれた、ちょっと変てこな絵だ。その母子像は、自分と美海のような気もするし、子供のころの自分と母親のような気もする。

ななみは不意に視線を感じる。男の視線だ。それも、熱い視線。ななみはそれを感じながら、無視して絵を見つづける。男がなにか話しかけてくるが、ななみはそれも無視して、絵を見つづける。

目を覚ますと汗をかいていて、悪夢でも見たようなおかしな気持ちがした。『シャーロック』はとっくに終わっていて、時計の針は六時を指している。慌てて飛び起き、お米を研ぎながら、夢の出来事を反芻《はんすう》した。

ななみは、もうすっかり思い出していた。ベネディクト・ロワイヤン。それはななみが高校生のころ夢中になった、フランス女優の名前だった。『パリのランデブー』というオムニバス映画の、最後のエピソードに出てくる女優だった。

ななみにその映画を薦めてくれたのは、同じクラスの瑛子《えいこ》ちゃんだ。瑛子ちゃんはフランス映画に夢中で、当時はクラスの誰も知らなかったタンタンが大好きで、セルジュ・ゲンスブールのCDをわざわざ県庁所在地の図書館にまで行って借りて来るような、変わった女の子だった。趣味は合わなかったけど高校三年間ずっと仲良しで、瑛子ちゃんはときどきおすすめのビデオやCDを持ってきて、ななみに貸してくれた。

瑛子ちゃんにならら正直に、「全然おもしろくないから寝ちゃった」とか、「このおじさん気持ち悪くない？」なんてことも言えたっけ。それでも懲りずに瑛子ちゃんは私物を持ってきては、「どうだった？」と、目を輝かせてななみに聞いた。

三年の間にかなりの量を借りたはずだけれど、本当に気に入った映画は一本だけだった。それが『パリのランデブー』で、しかも最後の話になぜか惹《ひ》かれた。ななみはベネディクト・ロワイヤンという、すらりとした髪の長い女優が出ているその話だけを、擦り切れるほど再生した。

「いいよ、そのビデオあげる」

瑛子ちゃんはななみがその映画を気に入ってくれたことをたいそう喜んだ。瑛子ちゃんがくれたVHSは、実家のどこかにあるはずだ。でも、いまのいままでずーっと忘れていた。映画のことも、赤いカーディガンを羽織ったあのきれいな女優さんのことも。それから、瑛子ちゃんのことも。

五年以上前に回ってきた最新情報によると、瑛子ちゃんは仏文科を卒業したあと、望みどおりパリに留学したはずだ。だが、それっきり噂を聞かない。瑛子ちゃんは、いまなにをしているのだろう。どこにいるんだろう。フェイスブックでもはじめれば、また再会できるんだろうか。

ななみはお米の水量を見ながら、でもそんなのロマンがないわ、と思っている。パリの街で偶然、瑛子ちゃんとばったり再会するシーンを頭に描き、ふふふと笑みをこぼしている。

朝日が満ちる台所で、ななみはあさりのお味噌汁《みそしる》に浮かべるネギを刻みながら、いつかパリに行きたいと思ったことを、思い出している。瑛子ちゃんが「パリに留学したい」と、呆れるほどまっすぐな目で語った放課後の教室を思い出している。「じゃあわたし遊びに行くよ!」と、十七歳のななみは無責任に声を弾ませた。パリに行くなんて、いまのななみにとっては宇宙旅行と同じくらい無謀なことだけれど。

ふすまの向こうで美海が目を覚まし、パパにじゃれついて起こしている声が聞こえる。その愛《いと》しい無邪気な声に、ななみは思わずほほえんだ。ふすまが開き、夫の不機嫌なかすれ声が近づいてくる。

「えーまたあさりの味噌汁?」

夫の言葉にななみはムッとして手を止め、包丁を持ったままくるりと振り返った。

「うをっ、なに⁉」

寝ぼけまなこを見開いた、夫のぎょっとした顔。

「…………」

パリに行きたいって、パリに行って友達に会いたいって、わたし、ちゃんと言えるかな?

わたしはアナ

「ハナちゃん、このたびは大変だったわね、どうか気を落とさないようにね」

葬儀からひと月遅れてお悔やみのあいさつにやって来た和子ちゃんは、湿っぽい菊の花なんかじゃなくて、華やかな白ベースの花束を手にしていた。和子ちゃんはちょっと抜けたところがあるけど、これは明らかになにかメッセージが込められているのだと、ハナは直感した。

和子ちゃんは二十年前に夫を亡くした寡婦の大先輩である。独り身になって気落ちする同年代の多い中、和子ちゃんは英会話を習ったり婦人会の旅行に参加したりと、第二の人生をポジティブに謳歌《おうか》していた。

この年代の女は、あけすけに本心を出さない代わりに、それとなく通じ合っているところがある。気の合う者同士の秘密の暗号のように、白いブーケを見たハナは、和子ちゃんの気持ちを理解し、ちょっと困ったように笑った。

倒れたあと要介護状態がつづいた夫の死後、上の息子とその嫁が、これを機に二世帯住宅に改築して一緒に住もうと言い出した。一方次男夫婦は、土地は売ってマンションを建てるべきだと言う。この辺りは人気のエリアだし、ハナの家賃収入にもつながるからと。きっとそれぞれの家庭で秘密裏に家族会議が開かれていたんだろう、みんないやに相続税に詳しく、ハナがどちらを選んでも揉《も》めないよう、取り分が概《おおむ》ね均等になる提案をしてきた。

息子たちの——というか男の、こういう即物的なものの考え方には頭が下がる。そういう部分に助けられることもあるが、まるで人の気持ちを勘定に入れないんだから。昔はもっとやさしい子たちだったのに、きっと社会に出て家庭を持って、一端《いっぱし》のオトコとして生きているうちに、不可抗力的にこうなってしまったんだろう。

目黒駅から徒歩十五分ほどの場所にある、建坪六十はあろうかという庭付きの家は、古臭く黴《かび》臭く、日当たりも悪くて、湿気も凄《すさ》まじい。冬なんて凍えるほどだ。在りし日の夫が大工さんと、ああでもないこうでもないと言い合いながら建てた手作りの家。ハナは幼い息子をおぶいながら、図面を横目に見ては、「こんな間取りいやよ」と思っていたが、口には出せなかった。女はおとなしくしていろと、押さえつけるように育てられた世代である。従順な性格だったハナは、七つ年上の夫の意見がなんだって正しいと思い込んでいたし、母にはなにかにつけて、「旦那さんの前ではおバカさんのふりをしていなさい」と言われた。そうすれば可愛がられて、大事にしてもらえるからと。

親戚の持ってきた最初のお見合いで結婚を決めたハナは、二十歳で白無垢《しろむく》を着た。ちょうどいまの天皇陛下が、美智子《みちこ》さまとご成婚された年だ。翌年に上の息子を授かってからは、自分のことは二の次だった。おかずを用意するために奔走し、シャツにアイロンをかけ、干した布団を力いっぱい叩《たた》く。息子たちが大学に行けるよう生活費を切り詰め、ちょっとでもお金が余るとへそくり貯金に回した。それだって家族にお金が必要になったとき、先立つものを用意しておくためにはじめたこと。へそくりで自分のものを買ったことなんて一度もない。学校を出てすぐ、まさに〝永久就職〟としてこの家に嫁いだハナは、外で働いたことのない、純粋培養の奥様なのだった。

和子ちゃんはお焼香を済ませると、

「あたしね、今度フランス語を習ってみようかと思うの。一緒にどう?」

とハナを誘った。

四十九日法要もまだなのにそんな話……。骨箱を前にしているとどうも夫の厳しい目が光っている気がして、ハナは仏間のふすまをぴっちり閉めた。

食卓にウェッジウッドのカップアンドソーサーを並べると、コーヒーの粉をスプーンで入れ、花柄のポットからお湯を注ぐ。「ごめんなさい、インスタントしかないの」と言うと、和子ちゃんは「いいのいいの、気遣わないで」と手首をスナップさせる。バウムクーヘンをチョコでコーティングした手土産は、伊勢丹の地下で買って来てくれたものだ。

「これ美味《おい》しいのよ。お店の名前がね、全然憶えられないんだけど。ドイツのものですって」

和子ちゃんちも息子二人で、お嫁さんが定期的に評判のお菓子を差し入れしてくれるらしい。「美味しいものでご機嫌取ろうっての。見え見えよね」と文句を言いながらも、和子ちゃんは甘いものに頬を緩ませる。

「それより、どう？　フランス語。一緒に行きましょうよ。あなたも好きだったじゃない、ジェラール・フィリップ」

和子ちゃんは幼馴染みだが、駆け落ち同然で福岡に行って結婚したため、何十年も年賀状だけのつき合いだった。和子ちゃんはあのころから、一本芯の通った不良娘なのだ。まだ五十代のときにご主人を亡くして、こちらに戻ってからは、気落ちもそこそこにあちこち出歩いている。ハナが夫の介護に忙しい合間、吐き出すあてのない愚痴を聞くために、わざわざ電車を乗り継いで会いに来てくれたりもした。和子ちゃんがこっちに戻ってなかったら、あたしもたなかったかもしれないわと、ハナはなにかにつけて詫《わ》びる。

その言葉をさえぎって和子ちゃんは、

「んもう！　そんなのはいいんだってば！　それよか習いに行きましょうよ、フランス語。あたしね、実は、フランスに旅行しようと思ってんの」

と爆弾発言である。

「……冗談でしょ？　あたしたちもう七十四よ？　熱海《あたみ》で充分よ」

ハナは外国なんて行ったことがない。旅行だって本州の温泉地がせいぜいだ。休日は夫が趣味の釣りに出かけ、その留守を守るのが彼女の仕事だった。

「七十四だからよ。来年は七十五、再来年は七十六。いつ死んだっておかしくないのよ？　いつ行くの？　いまでしょ！」

和子ちゃんはテレビの流行り言葉まで持ち出して熱弁をふるう。ハナは呆れて、思わず笑い声をあげた。夫に死なれてから、はじめての笑い声だった。

しばらくは未亡人らしく家にこもっていたが、納骨をすませて一段落すると、和子ちゃんと映画に出かけるようになった。映画館なんて何年ぶりだろう。和子ちゃんに連れられて行った神保町《じんぼうちょう》の名画座で、高峰秀子《たかみねひでこ》の『女の園』を観た。窮屈な女学校の規則に反発する女学生役には、岸恵子《きしけいこ》や久我美子《くがよしこ》が顔を揃えている。一周忌が過ぎると紅葉を見に京都へ、思い切って一泊旅行した。美味しい懐石をいただき、自分へのお土産に、祇園《ぎおん》で五千円もするつげ櫛《ぐし》を買った。

フランス語教室にも通いはじめた。講師は金色の巻き毛が可愛らしい背の高いパリジャンで、テキストの内容とはいえ、彼に面と向かって「ジュテーム」と言われると、ハナはぽっと赤くなってしまう。

たぶんこれが、最初で最後の外国旅行になるだろう。生半可で行くわけにはいかないと、自然に張りが出る。健康に気を遣い、パリに着ていっても恥ずかしくない服を選び、極力見た目のいい旅行靴を探す。

ハナはフランスに熱中した。印象派の美術展へ足を運び、マリー・アントワネットの伝記を読み、コレットの小説を読んだ。老眼鏡をかけた上に虫眼鏡をページに当て、蟻《あり》のように小さな文字を、たっぷり時間をかけて読み進める。エディット・ピアフの音楽を聴き、ガイドブックの地図をノートに書き写しては、名所に☆印をつけた。ＮＨＫの街歩き番組でパリが取り上げられると、テレビにかじりついた。図書館で借りたジェラール・フィリップの映画を観ては、甘いため息をつく。パリへの憧れは、本物になった。

三回忌を終えるころには、和子ちゃんが「先生」と仰ぐほど、ハナはパリのエキスパートになっていた。こんなにパリに夢中になるなんて、自分でも信じられない。なにかに夢中になったこと自体が、生まれてはじめてだった。

フランス語では最初のHは発音しないから、講師が間違って「アナ」と呼んだのを、ハナは訂正せずにいる。彼女は「ハナ」と呼ばれるより、「アナ」である自分が好きになっている。アナは若々しく好奇心旺盛で、女学生のように目をきらきらさせ、自信に溢れている。見た目だって、せいぜい四十二歳くらいのイメージ。

次男夫婦の案を取り、建物を壊してマンションを建てることにした。建て替えの間、近くの賃貸アパートへ移ることになったが、重苦しい水屋や洋服ダンスは持っていかず、家具は一から揃えることにした。なんにもない部屋に一人、ボストンバッグを提げて入居したハナは、まるで上京したての少女みたいに床に大の字に転がって、自由な気分に浸った。

もしこのままパリに行かなくたって、それでもいいわ。もしパリに行っちゃったら、この夢から醒めてしまいそう。パリへの恋が、終わってしまいそう。

つい感傷的になっていると、らくらくホンに着信が入る。和子ちゃんだ。

ハナはずっとパリに憧れて、夢を見ていたいから、やっぱり行くのはよそうかしらと、心のままに伝えた。すると和子ちゃんは、大きな声でまくし立てたのだった。

「なにバカなこと言ってんの！　行くのよ、パリに‼　絶対に‼!　一生に一度なんて思わなくていいの！　年金つぎ込んで何度でも行けばいいの！　なんならお宅の家賃収入で、パリに住んじゃいましょうよ！」

ハナは圧倒されて、「それもアリかな？」なんて思いはじめている。なにしろ平均寿命まで、時間はたっぷりある。もっと長く生きる可能性だってある。暇つぶしに病院に通うだけが高齢者の人生じゃないのだ。亡くなった夫の仏壇にお線香をあげるだけが、女の人生じゃないのだ。わたしたちの人生はこれからなのだ。

「やっとそのことに気がついたのね！」と和子ちゃん。

ハナはくすっと笑う。

やっぱり筋金入りの不良娘には、かなわないいんだから。

美術少女

左足のつま先に、雑な丸文字で「ま」、右足に「い」と油性マジックで書いた上履きズックが、家の玄関に脱ぎ捨てられている。

「ちょっとまたやってる！　アンタ靴どうしたの⁉」

母親に叱られても、まいは「ああ」とつぶやいたきり、気にも留めない。こんなふうに上履きのまま電車に乗って家まで帰ることはしょっちゅうだし、忘れ物も多く、時間にもルーズだ。そういう人としての根本的な問題だけにとどまらず、まいは女子としても隙だらけだった。肩まで伸びた髪はいつもボサボサだし、リップクリームすら塗らないから唇は縦にぱっくり割れている。いつも目のふちに白っぽい目やにをつけて、十七歳になったばかりというのに、色気づくどころか最低限の身だしなみすら整えられない有り様。

高校は女子校にして正解だったと、母親は常々思っている。こんな子が男の子のいる世界に身を置くなんて、あまりに忍びない。共学だった中学時代は、頭を掻けばフケがぽろぽろ落ちるので、クラスの男子に「金田一」と呼ばれて、ちょっといじめられていたらしい。油絵の具を頬につけたまま眠ったり、風呂に二日三日入らなかったり、衛生管理はめちゃくちゃでほとんど不潔の域だから、男の子たちを責める気も起きないのだが……。いじめのせいで性格も暗くなっていたけれど、高校に入ってからは生まれ変わったように元気になった。偏差値が中の上レベルの女の子ばかりの世界は、本当にのどかでのん気である。この女子校は、まいにとって楽園なのだった。

それだから、まいは人目も気にせず好きなことに熱中していられる。授業中はずっと爆睡して、放課後はなりふり構わず油絵を描き、ときには彫塑や木版画にも手を出して、創作意欲を爆発させていた。顔を木版に近づけて彫る姿から、美術部の先輩には「南高の棟方志功《むなかたしこう》」と名付けられて、部の中ではけっこう愛されている。おもしろい作品を作るし、見た目や言動があからさまに変なこともあって、天才気質というイメージが定着していた。将来はさぞかし有名なアーティストになるだろうと、期待されたり、ときには嫉妬されたり。

しかし当のまいは将来のことなど丸っきり後回しで、とにかく一日中絵ばかり描いている。進路希望の用紙に堂々と「東京藝大」と書き、個人面談の席で渋い顔をした担任の先生から、偏差値や倍率など厳しい現実を教えられるが、

「……へぇ〜」

わかったようなわかってないような返事をするだけだ。絵を描けそうな大学というと、まいは東京藝術大学しか名前を知らなかったのだ。

制服のプリーツスカートから伸びる脚を大股に広げ、面談中に大あくびで頭をぽりぽり掻き、ブレザーの肩に白いフケを落としていると、先生に本気で叱られた。そして美術部の顧問に相談してみなさいと、さじを投げられてしまった。

美術部顧問の白井先生は、短く切った髪のせいか性別も年齢も不詳である。カーキ色の帆布のエプロンをつけて両手をポケットに入れ、デッサンする生徒の間を縫うように歩き、ときたま声をかけてアドバイスするのが彼女の主な仕事。白井先生のデスクがある美術準備室に行くと、まいはリプトンのティーバッグが浮かぶ紅茶でもてなされた。たくさんのキャンバスや生徒たちの油彩道具が並ぶ準備室に、スチールデスクと椅子、それからコーヒーテーブルと合成皮革のソファが押し込められている。ソファに座ると、まいは角砂糖を四つも入れてぐるぐるかき混ぜ、ふーふー吹いてそっと口をつけた。

「えっと、大学に行きたいの？　短大や専門学校は考えてない？」

白井先生の質問に、まいは他人事のように首を傾《かし》げ、

「別に行きたいとか、そういうのじゃない」と煮え切らない。

「絵が描けるならどこでもいいの？」

その質問には、まいはぶんぶん頭を振って否定した。

「どこでもっていうか、ずっとここにいたいな」

その気持ちがわかりすぎる白井先生は、なんだか胸が痛くなってしまう。なにを隠そう白井先生も、この女子校の美術部出身なのだ。三年間、脇目もふらず好きなことに没頭して、気の向くままなにかに夢中になり、ありとあらゆることをスポンジのように吸収して、そして卒業の時期が来ると放り出されてしまった。大学で教職課程を選択したおかげで、どうにか美術に携わりながら自活できているが、彼女は非正規雇用の講師なので、学校の経営状態によってはいつ職を失うかしれない身の上だった。もちろんそんなこと、生徒には言わないけれど。

「とりあえず受験に備えて、石膏像《せっこうぞう》のデッサンに力を入れましょう。できれば美術系の予備校にも通って、画力を上げていこう！」

白井先生は全力でまいを励ましながら、でもやっぱり心の中では、どこかもの寂しい。まいのことを見ていると、蓋をしていた悲しみが溢れ出しそうになるの

だった。
——この子はこんなにも早く、たった十七歳で、地上に楽園を見つけてしまった。これは苦労するぞ。

そんな思いには露ほども気づかず、まいは白井先生が貸してくれた美大芸大を目指す人向けの本を捲《めく》る。そして日本には東京藝大以外にも、たくさんの学校があることをはじめて知った。多摩美術大学《タマビ》に武蔵野美術大学《ムサビ》、金沢美術工芸大学《カナビ》に京都市立芸術大学《キョーゲイ》。でもまいは、そのどれにも行きたいと思わない。だってあたしはずっと、ここにいたいから。ずっとずっと、ここにいたいから。

その願いが叶《かな》うはずのないものだということが、まいには到底理解できない。いま送っている日々が、この時間が、永遠につづくとしか思えない。彼女はいろんなことがわからないけれど、なにより「年を取る」ということの意味がいちばんわからなかった。わかっていないということさえも、わかっていないのだった。

髪を振り乱して好きなことに没頭し、自分の世話もろくにせず好き勝手に振る舞う。そんな自由な女の子の寿命は、おそろしく短い。白井先生も担任もまいの母親も、みんながそれを痛いほど知っている。彼女たちは実のところ、なにもかもわかっていて、だからこそまいのことが不憫《ふびん》で、心配でたまらなかった。

次の日、まいは本を返しに美術準備室のドアを開けた。机に向かっていた白井先生はオフィスチェアをくるっと回転させ、「どこか行きたい大学見つかった？」と訊く。まいは頭を横にぶんぶん振って、フケをふぁさっと撒《ま》き散らすと、「なかった」と断言した。

「えっ、じゃあどうするの⁉　短大とか専門学校も見た？　ちゃんと調べたの？　もう来月には三年生になっちゃうんだよ？　わかってる⁇」

思わず質問攻めにするが、まいは相変わらずの、ぼさっとした余裕の表情である。

「わかってるよ～」

タメ口で言うと、まいはヘラヘラした笑みを浮かべながら、

「先生、あたし、パリに留学する」と言った。

「え、パリっ⁉　それ本気⁉」

そりゃまた大きく出たわね、といった調子で、白井先生はどこか真に受けていない。だってこのご時世、パリに美術留学だなんて、あまりにも突飛ではないか。

「その手があったか！」と思うと同時に、「いやそれは禁じ手だろう」とも思う。彼女にとってパリは、あまりにも現実味がない。

「なんで急にパリなの？」

白井先生は呆れ顔でたずねた。するとまいは、昨日テレビのドキュメンタリー番組で、パリの歴史を見たのだと言った。

「あのね、パリって、すーっごい汚かったらしいの、先生知ってた？」

白井先生はこくんとうなずく。学生時代に旅行したとき、道路や地下鉄はそこら中がオシッコ臭く、パリジェンヌがゴミをぽいっと投げ捨てる姿に、彼女はたいそう幻滅したものだ。セーヌ川のほとりは鼻が曲がりそうなほどドブ臭く、カフェで灰皿をくださいとギャルソンに身振り手振りでお願いすると、「地面に捨てればいいじゃないか」と言われたのは、まさにカルチャーショックであった。

一方、まいはそんなパリが、心底気に入った様子で声を弾ませる。

「ヴェルサイユ宮殿にはトイレなんかなくて、お風呂に入る習慣もなくて、ウンコだってそのへんの道にドバァ〜ッって捨ててたんだって！」

進路相談に来ているはずなのに、まいは幼稚園児のようにうれしそうにウンコを連呼した。

「香水が発達したのも、みんなの体が信じられないくらい臭かったからなんだって！　でもっていまもみんな、風呂にあんまり入らないいんだって。街も超汚いし、臭いし、でも誰もそんなこと気にしてないんだって。ね、先生、あたしにピッタリだと思わない？　あたし不潔だから、パリでならのびのび暮らせそうな気がするんだ」

「……え、それが理由？」

「うん！」

白井先生はなんだか脱力して、それもアリかと思いはじめている。

風呂嫌いの聖地、パリ！

「……いいんじゃない？　もしかしたらそれ、名案かも」

「でしょ！」

まいは煙突掃除の少年のように、ケラケラ笑って鼻の下をこすってみせた。

恋する女

まだ街行く人たちがダウンコートを着ている三月初旬、やすこはいち早くオーバーを脱ぎ、長年愛用しているバーバリーのトレンチに袖を通した。十年以上も前に奮発して買ったもので、さすがに袖や裾が擦れて布地が傷んでいるけれど、そのぶん体にはフィットしているし、なにより似合うようになってきた。これを買った二十代の終わりごろは、ブランド物の定番アイテムがまるっきり様にならなくて、物欲に任せて買ったものの気恥ずかしく、クローゼットの奥に仕舞い込んでいた。

あのころはまだ結婚していなかったのかと思うと、なんだか気が遠くなる。結婚していないってことは、京都にも住んでなかったってことか。朝のバス停に立つやすこは、マフラーにあごを埋めて、トレンチコートの前を掻き合わせた。通りに立っていると肌寒いけれど、市バスの中は人がぎゅうぎゅうでのぼせてしまうから、このくらいでちょうどいいのだ。

外で不便な思いをするのが嫌いなやすこは、靴でも服でも、神経質なほど慎重に選ぶ。翌日の天気を調べて、晩のうちに着ていくものを用意する習慣は子供のころからのもので、パンストやインナーまで揃える徹底ぶりだ。この何年かは、毎日のコーディネートを写真に撮ってブログにアップしたりもしているが、人気ランキングに入って書籍化の依頼が舞い込む……なんてこともなく、毎日を淡々と生きていた。

やすこが京都にやって来たのは、三十三歳のときだ。

あのころ、やすこは切羽詰まっていた。

三十路《みそじ》を過ぎた途端、同僚の男性社員がぐんぐん出世し、女性社員がバタバタと育休をとったり転職したりして地殻変動が起きた。やすこは仕事に生きる覚悟があるわけでもなく、かといって結婚に狙いを定めて生きてきたわけでもなく、その結果二十代を、丸々不毛な恋に費やしてしまった。思いつめたやすこは悪縁を断ち切ろうと、縁切りで有名な京都の安井金比羅宮《こんぴらぐう》詣りに一人旅し、そのときいまの夫と出会っている。

先斗町《ぽんとちょう》にある高級そうなバーに飛び込み一人で飲んでいたところ、いいなと思うスーツの男性が現れて、自分から声をかけたのだった。地元の有名電気機器メーカーに勤めていると聞き出した途端、やすこはその人のことを、もう好きになっていた。さらに生粋の京都人というところにもハートをつかまれた。ぼんぼん気質というか、のんびりしていて、なんでもハイハイと受け止めてくれる。東京出身のやすこにとって、彼はどこか、架空の世界の住人といった感じがする。架空の世界の人だから、彼が結婚指輪をはめていることも、なんだか絵空事のように思えてしまって、これが不倫だなんて自覚もなかった。メールで熱い言葉をやりとりし、燃え上がり、やすこは会社を辞めて京都に引っ越した。彼に子供がいなかったこと、彼の奥さんが仕事を持っていて経済的に自立していたことが幸いして、離婚はあっさり成立。周囲から顰蹙《ひんしゅく》を買うほどのスピードで、即、結婚した。その物語が、あまりにも打算的で自己中心的なのはやすこ自身も自覚しているが、渦中にいるときは本当に、ドラマのヒロインのような気分だった。

彼の家に移り、せっせと模様替えして前の奥さんの匂いをすべて消し去ると、あれほど甘く激しかったメロドラマの第一幕が、呆気《あっけ》なく終わってしまった気がした。

第二幕は苦かった。近くに住む彼の両親から、まるで信用されていないのが露骨にわかる。専業主婦のままでいたくて、そのためにも早く子供が欲しかったが、できなかった。暇を持て余した午後、ちょっと街へ出てぶらぶらするだけでも、みんなが自分の略奪愛を噂しているような気がして、顔を上げられない。これは被害妄想なのか、それとも加害妄想というべきか。

京都は小さな街だ。観光で訪れるにはいいけれど、よそ者が住むとなると排他的だという話はやすこも聞いていた。けれどそんなこと以上に、この街のどこかに彼の前の奥さんが住んでいると思うと、気が重くなった。一年目は煉獄《れんごく》のよう、二年目は敵地のよう、三年経って罪悪感はようやく薄れてきたが、それでも京都はずっとアウェーのままだった。

結婚四年目のある日、やすこは子供を産むことを諦めた。その代わり働きに出ることを決め、いまは河原町《かわらまち》の洋服屋にパートで雇ってもらっている。商店街の裏通りに、質のいい古着を扱う個人の店がぽつぽつあって、やすこが働いているのもそんな小さな店だ。壁紙も照明も家具も、すべての什器《じゅうき》はヨーロッパのアンティークを使っている。白い猫足のキャビネットの中には、オードリー・ヘプバーンの映画『パリの恋人』とコラボしたバービー人形や、蚤《のみ》の市で見つけたコスチュームジュエリーが並び、コーヒーテーブルブックといわれる重たい写真集も数冊、ラックの上に積み上げられている。丸い帽子箱、古びた味のあるぬいぐるみ。試着室のフェイスカバーはエルメスのスカーフで、荷物置きの椅子はプチポワンチェアだ。

偶然この店を見つけ、一目で虜《とりこ》になったやすこは、自分がやっている洋服のブログを持ちだして熱烈アピールし、オーナーに気に入られて採用となった。オーナーはこの界隈では有名な女性である。彼女が年数回、ヨーロッパに直接買い付けに出かけ、船便で送ってきたものの傷み具合を点検し値段をつけ、店頭に並べて接客するのがやすこの仕事だ。最近はネットでの売上の方が実店舗での売上を超えていて、店の裏では山盛りの在庫の隙間で、若いバイトの子がホームページの管理や梱包《こんぽう》作業に追われている。顧客層に合わせて年齢のいっているやすこの方が、表方を任されているのだった。

素敵な店の雰囲気を壊さないようにと、やすこは翌日のコーディネートを決めるのに、ゆうに一時間はかかる。朝は早起きして身だしなみを整えるのにさらに一時間。家事はすべてやすこの仕事だから、毎日がてんてこまいで、時間は全然足りない。これだけ忙しく充実していると、第一幕では堂々相手役だった夫の存在感はみるみる薄れていった。リビングで夫と同じ空気を吸っていると鬱屈してくる。なんだかんだで結婚してもうすぐ七年。睡眠が浅いからと言い訳して寝室を分けるずっと前から、性生活はなくなっていた。

そんなある日、オーナーの友達という男性が、店にやって来た。東京でアパレル会社をやりつつ、パリにも小さなアパルトマンを持ち、行ったり来たりの生活だという話を聞いた途端、やすこはその人のことを好きになっている。白いものがまじった無精髭《ぶしょうひげ》にコシのある豊かな髪、仕立てのいいスーツを着て首元にスカーフをあしらったその男性は、やたらと響く、低く渋い声で喋る。その声が、やすこのみぞおちのあたりにぽっと火を点けた。一度そのモードに入るとまったく自制が利かなくなるやすこは、彼とあっさり体の関係を持つ。これが不倫だという自覚もない。そもそもやすこには不倫がいけないことだという認識が抜け落ちていた。

「次はパリで会おう」

ベッドで肩を抱かれながらあの低い声でささやかれると、身悶《みもだ》えするほど気持ちがよかった。

「次」は意外にも早く来たが、場所はパリではなかった。来週京都に行くからよかったら食事でも、というメールが届いたのだ。やすこは食事もベッドも共にした。

「また京都に来たら連絡する」

ベッドで肩を抱かれながらやさしく言われ、なんだかまた、ドラマの世界に返り咲いた気がした。

数カ月経ったある日、二人の関係を知ってか知らずか、オーナーがぽろっとこんなことを言った。

「あの人は世界中に現地妻がいるのよ。東京に正妻、パリに愛人、あとはロサンゼルスとか沖縄にもね。北欧ブームのときにはスウェーデンにも。笑っちゃうでしょ？」

やすこはピクリと反応しつつペン先を動かして、客宛のダイレクトメールに一言メッセージを書き添えている。オーナーはダメ押しするようにこうつづけた。

「お金もあるし見かけもいいから、なにもしなくても女が寄ってきて、まあ、彼としてはそれを受け入れてるだけなのね。それがあの人のパターンなのよ」

この次に彼からメールが来たら、断らなくちゃ。そう思っていた矢先、めずらしく夫から食事に誘われた。二人で外食なんて久しぶりである。不倫はもうやめにして、やっぱりこの人とうまくやっていきたい、やすこはそう改心しているが、夫は神妙な顔だ。

「話があるんだ」

　気まずそうに切り出す夫を見て、やすこは心のどこかで、もうわかっている。夫がなにを言いたいのか、夫になにが起きたのか。

「実は、つき合ってる女性がいるんだ」

「……そう」

　夫のたどたどしい言い訳なんか聞かなくても、やすこにはすべてが見えるようだった。バーでの出会い。結婚を焦りはじめた女の目に、いい仕事に就き結婚もして、なにもかもが安定している夫が、どれだけ頼もしく映ったか。それから夫が押しに弱いタイプであることがすぐにわかって、一気にアプローチをかけたこと。彼の心に入り込むのが驚くほど簡単だったという、その手応えまで。

「それで、どうかな？　きみの方にもそういう人がいるわけだし」

「えっ？」

　その瞬間、はじめて気がついたのだった。

　なぜ彼の前の奥さんが、あんなに簡単に離婚に応じたのか。それから、自分も、前の奥さんも、彼を侮り過ぎていたことを。柔和な表情ではんなりと喋る彼の、底知れない怖さを。

やすこはうまく呼吸ができない。

口の中が渇いて、動悸《どうき》がする。

なにもかも放り出して、逃げ出したい気持ちでいる。

ラナと愛犬

ラナは身長一七五センチ、体重五〇キロ。オーストラリアで生まれ育つ。父は地元の警察官、母はイラストレーターという家庭で、年子の兄と五つ下の妹がいる。十八歳のとき、日本の大学へ留学するため来日。はじめての国際線飛行機を降りてすぐ、成田で外国人専門のタレント事務所にスカウトされる。以来、日本のファッション誌やCMで活躍中。

エージェンシーと契約して三年ほど、ラナは売れっ子モデルとして、大学に通うこともままならないほど忙しい日々を送った。ファッション誌の撮影では毎月のように海外に飛んだ。タイの寺院をバックに最新ファッションに身を包んだり、ハワイでウエディングドレスを着たり。各媒体がラナのスケジュールを押さえようと、取り合いになることもしょっちゅうだった。CM出演歴には軒並み大手が並ぶ。自動車会社、携帯電話のメーカー、清涼飲料水メーカー。テレビのコマーシャルはもちろん、電車の中吊り広告に登場したり、ファッションショーに出演したり、百貨店のキャンペーンモデルを務めたり。ラナの姿は日本中に溢れている。けれど、ラナの名前を知る人はほとんどいない。

透き通るように白い肌、きらきらと輝く金髪、冷たい光を放つ青い瞳。ラナの持つそういった美しさは、日本人の目を心地よく素通りしていく。雑誌の読者は、ラナの着ている洋服のシルエットの美しさに目を奪われた（その洋服は、ラナが着ているからこそきれいなシルエットが出ているのに）。ラナが耳に当てた携帯電話は若者にバカ売れした（ラナのラフな表情が、ガジェットのヒップなイメージを決定づけているのに）。そうやってラナは、誰よりも美しいくせに、いつも商品の引き立て役として無個性に、メディアに存在しているのだった。

実際それこそが、「外国人モデル」に求められることなのだ。

このジャンルに於《お》いて必要なのは、どこまでも白人らしい美しさであって、モデルの個性はむしろ邪魔になる。誰の記憶にも残らず、淡々とカメラの前に立ち続けることこそが、この業界の売れっ子モデルの条件なのだった。

そのようにしてラナは膨大な仕事をこなし、気づけばもう五年も東京にいる。大学はとっくの昔に除籍になっていたが、もしちゃんと通っていれば、卒業してオーストラリアに戻っているころだ。ラナは最近、ときどき考える。エージェンシーとの契約を更新しようか、それともいっそのこと、オーストラリアに帰ってしまおうか。

成田でスカウトされた日のことを、ラナは昨日のことのように憶えていた。空港で不安げにキョロキョロしていると、後ろから声をかけられたこと。くるりと振り返った瞬間の、自分を見て感嘆した相手の表情さえ。その人は頭のてっぺんから足のつま先まで舐《な》め回すように見て、それからラナの顔に目を留めると、"Excuse me, do you have time?" とジャパニーズイングリッシュで言った。

ラナは直感的に、「スカウトだ！」と思った。

実のところ彼女は、空港でモデル事務所にスカウトされることを、子供のころからずっと夢見ていたのだ。ラナの憧れの人ケイト・モスも、十四歳のときにニューヨークのJFK国際空港でスカウトされている。ケイトに起こったものと同じストーリーが、自分の人生にも用意されているはずだ。ラナはそんな夢を密《ひそ》かに抱いていて、この瞬間、それが現実になったのだった。

だからこそ、ここ最近のラナは戸惑っていた。相変わらずスケジュールは埋まっているものの、来る仕事の質が明らかに変化してきている。大手のCMはなくなり、代わりにカタログの仕事がぐっと増えた。それも、中年女性向けの通販カタログばかりだ。お世辞にも美しいとは言えない粗悪なチュニックワンピースや、フリース素材のアウター、喪服に、補正下着を着せられたこともあった。ラナはなんだか、自分があっという間におばあちゃんになった気がした。

もうすぐ二十四歳とはいえ、補正下着とはいくらなんでも早すぎるんじゃないか。撮影のときラナは戸惑ったが、断る言語を持っていなかった。ラナは五年も住んでいるのに日本語をまったく話せない。別に怠けていたわけではなく、撮影ばかりでろくにテキストを開く暇もなかったのだ。ラナはベージュの補正下着をお尻につけながら、誰かとなごやかにお喋りしているような笑顔を作り、指先を伸ばした手をスッと商品に添え、泣きたい気持ちをこらえてポーズをとった。

ラナはこの五年、事務所が用意してくれた新宿のワンルームマンションに一人で暮らしている。部屋の中はキティちゃんのスリッパやトトロのぬいぐるみ、UFOキャッチャーでとったリラックマのクッションなど、日本らしいキッチュな雑貨で溢れている。プロ意識の高いラナは、朝晩三十分のストレッチを欠かさず、自炊で野菜をたっぷり摂《と》るように心がけ、毎日の半身浴でむくみを防止して、週に二度はジムに通い、ジョギングもしていた。撮影がある日はまだ暗いうちに起きることもめずらしくないが、遅刻は一度もない。事務所の人にきつく言われていたのだ。日本人が時間に対して、とてもとても厳しいことを。「一度遅刻したモデルは、二度と使ってもらえません。だから絶対に遅刻をしてはいけません」

入念にヘアメイクを施され、スタジオの真ん中でフラッシュを浴びて、カメラマンの要求どおりポーズをとり、着替えて、また同じことを繰り返す。ラナが載った通販のカタログは、新しい号が出ればすぐに捨てられるだろう。そういう消耗品に身を捧《ささ》げていることで、ラナは知らず知らずのうちにすり減っていく。

言葉ができないから、日本人の友達もいないし、この二年は恋人もいない。人恋しくて、外国人がたくさん来るイギリスのパブ風チェーン店に通ったこともあったけれど、そういう場所に集う外国人サークルにも、ラナはうまく馴染めなかった。彼女の外見はパーフェクトに完成していたけれど、内面は田舎娘らしく奥手で、いつまで経っても男の人と喋るのが苦手だった。

あまりの寂しさに耐えかねて、六本木のペットショップでミニチュア・ダックスフントを買った。店員さんは、「あのパリス・ヒルトンもうちで犬を買ったんですよ」と話しかけてきた。海外セレブへの対応で慣れているのか、ラナが日本語を話せなくても、まったく問題ない様子なのがうれしくて、気がつけば子犬を連れて帰っていた。その子犬に、「チャーリー」という名前をつけた。

　チャーリーがキャンキャン鳴くマンションの部屋で、ラナの楽しみといえば、シドニーに住む妹とスカイプでお喋りすることだ。去年の秋から大学に通いはじめた妹は、十代らしい興奮した調子でキャンパスライフを伝えた。

「もうワオッて感じよ！　なにもかも順調。授業はいまいちだけどね。友達もできたし、ボーイフレンドもできたし。そうそう、今度彼と、日本に遊びに行こうって話してるの。そっちに行ったら案内してくれる？」

「ええ、まあ、そうね、もちろんよ」

　ラナは言い淀《よど》みながら、愛想笑いを付け加えた。

「彼ったらね、ねえさんのことに興味津々なのよ。東京に行ったその日にスカウトされて、売れっ子のモデルになったなんて、すっごくクールだって。あたしたち家族はねえさんが日本で成功したこと、すごく誇りに思ってるんだから」

「……アリガトウゴザイマス」

　ラナは片言の日本語でこたえてみせた。

　ほかにラナが使える言葉は、「オハヨウゴザイマス」「ヨロシクオネガイシマス」それから「オツカレサマデシタ」だ。

ある日妹が、スカイプでこんなことを教えてくれた。

「そうだ、ねえ、知ってる？　ハイスクール時代のねえさんのボーイフレンド、結婚したんですって」

「……チャーリーが？」

「そうそう、チャーリー・バーグマン」

「結婚？　それ本当？」

「ええ。ねえさん、あんな人と別れて日本に行って正解だったわね。田舎に残って二十三歳で同級生と結婚だなんて終わってる！　ねえさんみたいに広い世界を見てる方が、断然勝ち組だもの、そうでしょう？」

「勝ち組？　あたしは勝ち組なの？」

「もちろんよ！」

ラナはそうは思わない。自分が勝ち組だなんて、これっぽっちも思わない。

スカイプを切ったラナは、このまま通販カタログの無名モデルで終わるのは嫌だと思った。

ラナはもっと高く跳びたい。

もっともっと高く。

もっと高く跳びたいのなら、空港でスカウトされることを待ち望んでいる、受け身な少女から卒業しなければいけない。彼女の本当の夢は、ケイト・モスみたいにスカウトされることじゃない。本当の夢は、ケイト・モスみたいに世界的なモデルになることなのだ。

あたしにできるかな？　なんてことは考えない。考えるより先に、ネットでパリのモデルエージェンシーを検索している。オーディションで使うポートフォリオの写真を入れ替えている。

床に座り込んで作業に没頭していると、子犬のチャーリーがクゥンと鼻を鳴らす。

「大丈夫、あなたもパリに連れて行くからね」

と言ってラナは、チャーリーをぎゅっと抱き寄せた。

「一流のモデルはみんな、どこでも子犬《パピー》と一緒なんだから」

ワコちゃん

家電量販店ではなぜか旅行鞄《かばん》も取り扱っていて、フロアの一角が空港のようにスーツケースだらけになっている。鞄だけじゃなく、スーツケースを留めるベルトも変圧器も、選びきれないほどたくさんの商品が並び、それらを前にしていると、夫の機嫌はみるみる悪くなっていく。

「おい、どれにするか早く決めろ」

そう言われても、和歌子は困ってしまう。

おたおたしながら店員さんを呼び止めて、「あのぉ、変圧器ってなんですか？」と質問すると、

「だから海外旅行には絶対いるもんだってガイドブックに書いてあっただろ！」

夫に一喝されてしまった。

売り場で往生する熟年夫婦のこの手の揉め事には慣れているのか、店員の若いおにいさんは、「まあまあ」と笑ってとりなし、変圧器について丁寧に説明してくれたが、和歌子にはその内容がまるでのみ込めない。「日本のコンセントは電

圧が百ボルトなんですけど、海外ではもっと高いんですよ。だから日本の電化製品を持って行ってプラグだけ替えてもそのままじゃ使えなくて」。……まるで外国語を聞いているようにちんぷんかんぷんだ。

「はぁ……」

和歌子はぽかんとした顔で、わかっているのかわかっていないのか、判然としない返事をする。夫はそんな和歌子に、またしてもイライラしていた。

家にこもって家族の世話ばかりしているうちに、すっかり世間に疎くなった妻を下に見ているが、和歌子のちょっと抜けたところのおかげで、退職してからも変わらず威張っていられるのだ。

夫婦生活三十五年の蓄積で、いつの間にかこんな関係性が出来上がっている。

和歌子のことを「ワコちゃん、ワコちゃん」と、同世代のアイドル酒井和歌子のあだ名を真似《まね》て、はにかみながら呼んでいたさわやかな青年も、いまやただのオジサンだ。居丈高な態度が染み付き、可愛げもない。髪がフサフサなのがご自慢らしく、禿《は》げた人をやたらと嘲笑するさもしい癖がある。でも、髪はあってもかつての面影はどこにもないと、和歌子は密かに思っていた。

しかし夫に言わせれば、面影がないのは和歌子の方だった。結婚前はガリガリに痩《や》せて四〇キロ台前半だった体重も、あれよあれよという間に増えて七〇キロ前後をうろちょろするようになった。時代遅れのパーマをかけて、笑うとたっぷりした二重あごになり、体形をカバーするゆったりした服ばかり着る。夫はいつごろからか会社の人に和歌子を会わせなくなった。さすがに面と向かっては言わないけれど、太って所帯臭くなった妻を見られるのが恥ずかしいのだろう。〝奥様〟の語源のとおり、和歌子は家の奥にすっかり仕舞われた存在となった。もともと内気な性格で友達も少ない。一人娘の陽子が学校を出てからは、いわゆる〝ママ友〟たちとの縁も切れた。実家が通勤圏内であるにもかかわらず、都心のマンションで一人暮らしをする陽子がめずらしく顔を見せたとき、「〇〇ちゃん元気ぃ？」と陽子の親友の名前を挙げたら、「もう十年以上会ってないし！」とぎょっとされてしまった。

自分が時間の流れからも、世の中の流れからも遠いところに立っていることに、ときどき嫌でも気づかされる。テレビは懐メロ系の歌謡ショーしか見ないし、携帯電話は一貫してらくらくホンだ。もちろんパソコンにはさわったこともなく、インターネットがなんなのか皆目見当がつかない。ビデオデッキを買い替えてからというもの、予約録画もできなくなった。

自分が慣れ親しんでいた世界とは、随分と変わってしまった。和歌子はときおり、自分を取り巻く世界が、まるっきり知らない星にすり替えられているような感覚に陥る。


退職したらヨーロッパ旅行をしようと言い出したのは夫だった。旅行会社のパンフレットをごっそり持ち帰るようになったので、そんなことを考えているんじゃないかと、和歌子はだいぶ前から気づいていた。

「お前どこか行きたい国あるか？」と訊かれ、

「別にぃ」と和歌子はこたえた。

「別にってことはないだろ。パリとかロンドンとか、なんかあるだろ」

夫はえらくがっかりした様子だ。ヨーロッパ旅行に連れてってやると言うんだから、もっと喜べと言わんばかり。しかし急にヨーロッパなんて言われても、和歌子はうれしいような、そうでもないような気持ちになるだけで、よくわからない。思えば新婚旅行が熱海だった和歌子にとって、これが人生初の海外だ。

戸惑う和歌子をよそに、夫主導の旅行計画は着々と進められた。ガイドブックを買ってきて、行きたい場所を絞り込む。夫と二人で旅行代理店に行き、担当者から話をふむふむと聞く。夫が「これでいいだろ」とツアーを決める。

（このツアー、モン・サン゠ミシェルは行かないんだ……）

と内心ガッカリするが、和歌子は口には出さない。行かないなら行かないで、別にいいと思っている。旅行代理店にお金を振り込み、日程表に目を通し、必要なものをそろえる。その段になって、ようやく和歌子の出番だ。この三十五年というもの、買い物は和歌子の主要な仕事だった。「おい、スーツケースどこに売ってる？」とぶつぶつ言っていた夫に、和歌子は「電器屋」と即答した。

本物志向の夫の一存で、リモワの製品を買うことになる。夫は「これがいいって聞いてきたんだ」と言うが、和歌子にはそのスーツケースは、あまり素敵には見えなかった。なにより自分に似合わない。太った六十代のおばさんと、硬質なシルバーのリモワは、まったくちぐはぐだ。和歌子はもっとクラシカルな旅行鞄に憧れていた。古い洋画で、ハンサムなポーターが運んでいるような、内側が布張りの四角い鞄。でも結局、リモワのスーツケースに決まってしまう。

ほかにも買うものはたくさんあった。旅先で着ると思うと、下着も靴下も新調したくなる。歩きやすい靴、寒かったときに羽織るジャンパー。旅行用の歯磨きセットに、シャンプーセット、洗顔セット。和歌子は普段ほとんどお化粧をしないが、旅先とあらば口紅くらいはつけたい。透明の小分け袋、荷物が増えたとき用のトートバッグ、なんだかんだでスーツケースはパンパンだ。旅行の一カ月も前から、予行演習がてらスーツケースに荷物を詰めてみたりした。ガイドブックのおまけページに書いてある、カフェで注文するときに使うフランス語を練習する。この旅行を機に本格的にフランス語を習ったり、フランスの歴史を勉強しようと思っていたけれど、落ち着いて机に向かうこともままならないまま、旅行まであと三日となる。

飛行機に乗ることを思うと、緊張してうまく寝付けなくなってきた。ナーバスを通り越して、本当に憂鬱なのだ。予約をキャンセルしたいとすら思う。旅行なんてしなくていい。家にいてゆっくりテレビでも見ていたい。だいたい、なんでパリになんか行くことになっちゃったのかしら？　わたしがパリに行きたいなんていつ言った？　素敵だなぁと思うことはあっても、自分の足であの街を歩きたいだなんて、ついぞ思ったことがない。まったく、なんで、パリなんかに……。

旅行を翌日に控え、事件が起きた。夫が腰を痛めたのだ。床に置きっぱなしになっていた新聞の折り込みチラシでつるっと足を滑らせ、思いっきり尻餅をついた拍子に、坐骨《ざこつ》神経をやられてしまったらしい。和歌子は生まれてはじめて救急車に乗った。担架に横たわりあまりの激痛にうめく夫の顔を、和歌子はビクビクしながら見ていた。

ヘルニアの疑いもあるし、MRI検査をしたいから緊急入院してくださいと言われ、夫はベッドに寝そべりながらキレた。

「MRIなんてとらなくていい！　明日からパリ旅行だから、痛み止めをくれ」

「旅行は無理ですよ。痛いでしょう？」

「だから痛み止めの注射を」

「いやいや、大人しくしてないと。海外で病院に行くハメになったら嫌でしょう。キャンセルした方が身のためです」

「でもキャンセル料が……」

と和歌子はつぶやいた。

旅行はもう明日だ。スーツケースは完璧にパッキングを済ませて、ベルトを締めてある。いまさらキャンセルしたら、一体どのくらいのキャンセル料を取られるのか。もしかして全額負担!?　キャンセル料なんて、この世でいちばんもったいない出費ではないか。

夫は医者に説き伏せられ、入院の承諾書に苦い顔でサインをしている。

あ、入院するんだ、と和歌子は思う。

じゃあわたしは、毎日病室に顔を出さなくちゃ。りんごをむいて、病院食にケチをつける夫のワガママを聞いて……。お見舞い金をもらったら、お返しはなににすればいいかしら。海苔《のり》？　羊羹《ようかん》？　おかき？　それともお茶っ葉？

和歌子は入院中に必要なものを看護師から説明される。

「洗面器とコップ、病院指定のスリッパは下の売店で売ってますので。それから箱ティッシュやウエットティッシュもあると便利です。念のためお尻拭きも用意しておいてもらえますか？　これも下の売店で売っています」

耳の奥に、膜が張られたように看護師さんの声が届かない。いつものようによくわからないままウンウンうなずき、はあ、はあ、と返事する。

「あの、ちょっと、娘に電話を……」

と言って和歌子は席を外した。陽子の留守電に、お父さんが倒れたから休暇をもらって家に帰って来て！　と切羽詰まった声で入れる。それから病室へ戻ると、ベッドの上にぽつんと座った寝間着姿の夫に、

「じゃあ、あとで陽子が来ますから」と和歌子は言った。

「え、お前、もしかして……パリ行く気か？　この状況で？」

「へ？　なんのことですか？　もちろん行きますよ？」

和歌子はお得意の、なんにもわかってないような顔で、見事にすっとぼけてみせた。

「じゃ、みなさんすいませ〜ん。わたし明日朝早いんで、これで失礼しますね」

和歌子は手刀をシャ、シャッと切りながら、病室から静かにフェードアウトした。

セ・ラ・ヴィ

幼馴染みのあゆこが、ついに念願のパリに行って来たという。お土産を渡したいし、久しぶりに会おうと言うので、日曜日の昼にカフェで待ち合わせをした。

「これがね、リュクサンブール公園で、こっちがシェイクスピア・アンド・カンパニー書店」

iPadの画面をスワイプさせて写真を指差しながら、あゆこは声を弾ませる。

「あ、このカフェ見たことある」

「カフェ・デ・ドゥ・ムーラン！『アメリ』のロケ地ね。恥ずかしかったけど、一応クレーム・ブリュレのお焦げも割ってきたよ～」と、ちょっと情けなさそうに笑った。

それからあゆこは、一人でモンマルトル墓地を散歩した午後のことをつらつら話す。

「有名人のお墓の地図をもらってね、探して歩くの。ドガとかスタンダールとか、ニジンスキーなんかのお墓をね。ちょっとしたワンダーフォーゲル気分で」

「えっ、お墓でしょ？　それ不謹慎じゃない⁉」

「そお？　観光客たくさんいたけどな」

あゆこは首を傾げながら言った。

「それでトリュフォーのお墓がどうしても見つからなくてね。夕方近くになってやっと発見したの。ほら見て！」

それはなんの装飾もない、四角い墓石だった。まるで“François Truffaut”という題名の本を、パタンと閉じたような。

「すごいシックなお墓じゃない？」とあゆこは興奮気味だ。

夢見るように話すあゆことは対照的に、あたしは一本も作品を観たことがない映画監督のお墓の写真を見せられて、ちょっと困惑してしまった。だいいち、墓地ってそんなミーハーな気持ちでうろうろしていいものだったのか。歯切れの悪い相槌ばかり打っているのを気づかれていやしないかと思ったけれど、そんな心配は無用だった。

「ジャーン！　エッフェル塔〜！」

あゆこは楽しそうに、エッフェル塔を背に自撮りした写真を何枚も見せてくれた。

「どうしても夜のエッフェル塔が撮りたくて、日が暮れてからもう一回行っちゃった」

「へぇ～スゴいね」

無心でそんな感想を口にするが、あたしは内心、全然ピンときていなかった。夜景のエッフェル塔はブレブレで、光が尾を引いている。

「スゴいきれいだね～」

いやに棒読みな平べったい声音になっているのが、自分でもわかった。でも仕方ない。だってきれいなエッフェル塔の写真なら、ネットにいくらでも転がってるじゃん。あゆこが自慢げに見せてくれたエッフェル塔の写真は、誰もが思い浮かべるエッフェル塔の写真と寸分違わないものばかりだ。むしろちょっとクオリティが低い。ピントは甘いし水平じゃないし、画像だって粗い。「え、これが撮りたくてわざわざ行ったの？」って感じ。あゆこはネットに溢れてる写真と同じものを撮るために、わざわざ飛行機に乗ってきたの？

そもそも、行ったことのない場所の写真を見せられて、あたしが楽しんでると思っているのが謎だ。実際に行ったことのないあたしに、いくら写真を見せてもつまんないに決まってるのに。家族写真にしろなににしろ、同じ体験を共有した人と一緒に見るから盛り上がるわけで。ほら、高校の卒業旅行で行ったディズニーシーの写真とか。ああいうのを一緒に見るのが楽しいんだよ。まったくどうしてあゆこは、ｉＰａｄを見るあたしの顔が、無になってることに気がつかないんだろう。さっきからあゆこは熱心に、ガイドさんみたいに観光名所の説明をしてくれるけど、なんかもう飽きてきた。どこのおうちも砂色の外壁で、橋はぎょっとするほど手の込んだ影像でデコレートされ、国立の建物はどれも堅牢《けんろう》で豪華。街は統一感があって、歩いてるパリジェンヌたちの格好は判で押したようにシンプルカジュアル。セーヌ川にはいろんな種類の遊覧船が、ひっきりなしにクルーズしている。

あくびを噛《か》み殺しながら、「この花きれいだね〜」とかコメントを挟んだ。退屈だと時間ばかりが気になって、カシオの腕時計にちらちら目をやってしまう。夕方までに買い物を済ませて、ご飯作らなきゃいけないんだけどな。日曜日、家にいたってどこにも出かけないくせに、こうやってあたしだけ外出すると、旦那はどうも面白くないらしい。機嫌を直してもらうのに時間がかかるから、早く帰らなくちゃ。

あゆこの話に適当な相槌を打ちながら、あとで旦那に、パリ話が意外につまんなかったって報告してる自分が目に浮かんだ。「え、パリの土産話がつまんないなんてことあんの？」と含み笑いで返す旦那と、それにウケて笑ってる自分も。

「〇〇ちゃん、どうだった？」

友達と出かけた日は、うちに帰ると旦那は決まってこうたずねる。

「うん、ふつう」

あたしは大抵そうこたえる。

「楽しかった？」と訊かれれば、「楽しかった」とこたえる。

それは事実だけど、厳密には楽しさはちょっとずつ、目減りしているような気がするんだ。


あゆことのつき合いがいちばん長いけど、本当に仲良くしていたのは同じクラスになった高校時代だ。そのときは本物の親友で、いつも最高に楽しかった。けど、卒業後はちょっとずつ道が逸れて、話も嚙み合わなくなった。あゆこが好きなフランス文化の話にも、全然ついていけない。

あゆこだけじゃない。小学校のときの親友とは音信不通だし、中学の親友とはフェイスブックでつながってるけど、子供の話ばかりで、もう完全に別世界の人だ。大学は途中で辞めちゃったから、出会った人との縁は中途半端なまま切れてしまった。もっとちゃんと仲良くなりたかった人もいたけど、あだ名しか憶えてないから検索もできない。転々と渡り歩いたバイト先でも、たくさんの人と知り合ったけど、いまもつき合いがあるのは一人二人だ。彼女たちともやっぱり会うたび、小さなズレができているのに気づく。そしてなんだかなぁ〜って気持ちでバイバイする。どの友達と会っても、かつてのようにしっくりこなくなってしまったことを、再確認して寂しくなるのが常だった。

それでいて旦那との仲だけが、年月に比例してどんどん濃密に、深まっていくのだ。友達と疎遠になり仲がしぼんでいく一方で、旦那との究極的に馴れ合った、死ぬほど心地いいドメスティックな安らぎだけが膨張していく。ケンカもするけど、そんなの単調な毎日を飽きずに繰り返すための余興みたいなもんだって、お互いわかってる。二人にしか通じない符丁もいっぱいある。彼氏も友達もぜんぶ一緒くたにしたハイブリッドが、旦那って感じ。子供ができたらこういう関係も、変わっちゃうのかもしれないけど。

二十九歳のときに結婚して以来、ずっと二人だけでやってきた。もともとセックスレス気味だし、そんなすぐにできるとは思ってないけど、もし赤ちゃんができたら……。そう考えるだけで、また一つ旦那パートが膨らんで、友達パートが縮小し、あたしは外の世界から切り離されていくような感覚に陥る。

「おーい、聞いてる?」

そう言われて我に返ると、あゆこが心配そうな顔で覗きこんでいた。

「あ、ごめんごめん、大丈夫大丈夫」

それからあゆこは向き直ると、「でね、わたし、しばらく住んでみようと思うんだ」と言った。

「え、どこに?」

「パリにだよ～」あゆこは鷹揚《おうよう》に笑ってみせる。

え、なんでなんで? どこでそんな話になった?

あゆこはパリに一人で行ってみて、すっかり視界が開けたこと、思うように生きてみようと腹が決まったことを、静かに語った。

「パリに住みたがるなんて、なんかバカみたいでしょ? 自分でも恥ずかしいんだけど、でもわたし、完全にパリに恋しちゃったの。もう彼氏なんかいらないし、やりたくない仕事にグズグズ時間奪われて、愚痴ばっかり言ってるのも嫌なの。それに……」

「それに？」

「まだ目的は果たせてないから」

どうしても観たいまぼろしのフランス映画があること、今回の旅行では観光地を回るのに忙しくて探せなかったことをあゆこは告白した。「でも見つけられなかったおかげで、パリ熱が余計に高まったかも」と、うれしそうに言う。文字どおり、これからの人生に目を輝かせている。

とそのとき、急に「あれ？」っと思ってしまった。

あれ？　あたしは？　あたしの人生は？　ここまで……なの？

あたしが選んだ人生には、パリとか海外移住とか、そんなスペクタクルな展開は起こらないんだ。旦那と、うまくいけば子供、家族。それも幸せだけど、すごく普通。あたしの人生にはもう、人に「スゴい！」と驚かれるようなことは起こらないんだ。いろいろあったけど、辿《たど》り着いたのは、絵に描いたように平凡な人生だったんだ。

そう思った瞬間、自動的に目からつーっと涙がこぼれた。

「えーっ⁉　どど、どうしたっ⁉」

あゆこは目をひんむいて驚き、おたおたしながらティッシュをこっちに寄越した。そして子供を不器用にあやすように、「ほら、ほら、お土産だよ」と言って、エアキャップに包まれた小さな物体をテーブルに置いた。

それは、ヴァンヴの蚤の市で買ったというゾウの置物だった。しかもフランスから持って帰るのにすごく神経をつかいそうな、陶器のゾウだ。

「これ、すごく可愛いでしょ？　ゾウ、集めてたよね⁇」

たしかにそのゾウの置物は、すごくすごく可愛かった。でも、あたしがゾウを集めていたのは、もうずっと昔。結婚する前のことだ。あゆこの好意と、無情に過ぎる年月と、わけのわからない焦燥が溢れ出し、あたしは一層激しく泣いてしまった。

「うええ〜んうええ〜ん、ありがとう……うええ〜ん」

あゆこがくれた陶器の置物は、かつてバスチーユ広場にあった巨大なゾウのモニュメントを模したものだという。

「レミゼにも出てきてたんだけど、観た？」

「レミゼ？　ってなに？　わかんないよ……」

あたしは鼻をすすりながら、子供みたいに口を尖らせる。ミュージカル映画の『レ・ミゼラブル』をそんなふうに略すなんて、全然知らなかった。

「そお？　わたしのまわりの独身女は、みんなあの時期レミゼレミゼって盛り上がってたけどな」

「そんなにいっぱい友達いるんだ……うっうっ……」

あたしは結婚してこのかた、面倒くさい親戚づき合いが増えただけで、新しい友達なんて一人もできてないのに。また涙が溢れてきて、えぐえぐ泣いてしまう。日曜日の混みあったカフェでとんだ醜態だ。あゆこもビックリしながら、

「ごめんごめん！　別にそんな、親しいわけでも、たくさんいるわけでもなくて」

と釈明しはじめた。おかげでますます惨めな気持ちになってくる。

「友達っていってもあれだよ、ツイッターとかでやりとりしてる人たちだよ。会ったこともないよ」

「あゆこ、ツイッターやってたの？」

「言ってなかったっけ？」

「言ってない！」

というわけで、なんだかスゴい空気になってしまった。どうしてあたしは幼馴染みを前に、恋人ヅラでスネているんだろう。まったく自分でも呆れてしまう。けど、パリ移住なんてどうしたってうらやましい話だし、なんだか悔しいとすら思った。海外なんて、子供のときに家族で行ったオーストラリア旅行が最初で最後だ。旦那は飛行機嫌いだから、新婚旅行も寝台特急カシオペアで行く北海道の旅だったし。楽しかったけど、パリ移住に比べたら、どんな思い出も虚《むな》しくかすむ。

いけないとわかりつつ、昔からの友達って、ついこうやって自分と比べてしまう。きっとあれだ、親の影響だ。誰々ちゃん銀行に就職決まったんですって、誰々ちゃん結婚したんですって、誰々ちゃん二人目が生まれたんですって——親が無邪気に口にする同級生の近況には、いつも凹《へこ》まされてきた。それにひきかえあんたは、と無言で責められてる気がするから。

でも、そういう噂話にあゆこの話題があがることは一度もなかった。彼女は独身だし、仕事もそこそこって感じ。去年のお盆にだって、中学の同窓会に行くか行かないかメールで訊いてみたら、「同窓会なんかに出られる身分じゃないっすよ」と、頼もしい自虐が返ってきた。「右に同じく〜」なんて言って慰め合うのは、蜜のように甘く心地いい。

けどそれじゃダメだってことを、それじゃ死ぬとき後悔するのは自分なんだってことを、ほんとは知っている。

そしてあゆこは、後悔しない方の道を選んだのだ。


「うちらが高校生のときに放送されてた、『海の向こうで暮らしてみれば』って番組、憶えてる？」

あたしは首を横に振った。

「わたしその番組が大好きで、毎週録画してたの。海外に移住した女の人のドキュメンタリーなんだけど、出てくる人がみんな素敵で、ああいう大人になりたいなーって憧れてたんだ。なのにいざ自分が大人になったら、移住どころか海外旅行すら行ったことなくて。『フィガロ』を定期購読するくらいフランス好きなのに、行ってみようと思ったこともなかった。毎日全然楽しくないのに、それを変えようともしないで、なんとな〜く生きてたの。仕事は中途半端だし、もう何年も恋人がいない。まわりはどんどん結婚して、仲良かった子とも疎遠になって、すごい孤独で。『すーちゃんの明日』とか読んで、本気で泣いたりしてたの。『海の向こうで暮らしてみれば』を見てたころは十七歳だったのに、いつの間にか三十五歳になってて。でも、これだってものは、いまだに見つかってなくて……。このままだとあっという間に四十歳なんだなぁ。いつかは死んで、この人生も終わっちゃうんだなーって思ったら、ある日ついに……自分に突っ込みが入ったんだよね」

「行けよ！　って？」

「そう。フランスくらい行ってみればいいじゃん！　って。で、行ってみたら、帰りたくなくなっちゃった。パリでなにがしたいかは、まだわかんないけど。とにかくパリに住むのを目標にして生きるっていうのも、悪くないんじゃないかなーって」

「いいじゃん!!　カッコいいよそれ。だって高校生のときから海外移住に憧れてたんでしょ？　全然矛盾してない。夢を叶えようとしてるんだよ！」

あたしはわがことのように興奮して、思わず身を乗り出した。あゆこは、今度はちょっと気弱な顔でこう言う。

「でもね、移住となるとかなり難しいの。仕事が見つかるかわからないし、いつまでいられるかもわからない。貯金が底をつくまではがんばるつもりだけど、もしかしたら一年か二年で戻ることになるかもしれない。もちろん永住なんて不可能だし」

「そんなのフランス人と結婚すればいいんじゃん！」

女子中学生みたいなノリで冷やかすと、あゆこは「うーん」と唸《うな》って、「できれば自分だけでやってみたいんだよね」と言った。

「正直言うと、恋人っていうか結婚相手っていうか、自分の人生を預けられる人には……のどから手が出るほど出会いたい。もしそういう人が現れて、さあ、もう気を許してもいいよ！　って言われたら、膝からガクガクーッてくずおれそうなくらい。けど、この年で王子様を待ってるのも、なんか違うな〜って。いい加減こういう感覚全部から、抜け出したくなってきちゃったんだ。結婚もね、いいなとは思うの。けど、本当はそんなにしたくないのかも。わたしは、結婚しない人生で、いいかもしれない。そう思ったら、なんか急に視界がパァーッとひらけて、元気が出てきて、自分だけの人生、思いっきり楽しんでやろうって思えたんだ」

あゆこが清々《すがすが》しく語るその話に耳を傾けていると、反射的に旦那の顔が頭をよぎった。もしあたしがいま、一人でパリに旅行したいって言ったら、どういう反応をされるだろう。嫌なことや面倒なことを言われたときに醸す、あの独特のマイナスの空気でもって、遠回しに反対してくるんだろうな。もしかしたら案外あっさり快諾して、一人の生活をのびのび謳歌したりして。それであたしは家に帰ったら、旅行に行かせてもらったお詫びに、媚《こ》びるように料理をがんばるんだろうな――そんなことを思って、ちょっと気が重くなった。

「あたしもパリ行ってみようかな……違う。パリ行ってやろうかな」

「なにそれ」あゆこはクスッと笑う。

「いや、旅行するのもいちいち旦那のご機嫌うかがわなくちゃいけないのかと思うとね。たしかに結婚すると、安心だし、安定するし、世間的にも〝まともな人〟だと思われるじゃん。これに〝一児の母〟なんて加わったら……」

「盤石《ばんじゃく》だよね」とあゆこ。

「けど独身だと、闘ってる感がぐっと増す」

あたしも一人だったときは、いろんなものと闘っていた。この先どうやって生きていこうかと、真剣に考えてた。けど、恋人ができた瞬間から、なんだか別の人になっちゃったみたいだ。俗っぽい、ただの女になってしまった。

「わたしだって仲の良い旦那さんがいれば、パリには行かないって」とあゆこは肩を落として笑う。「なんにもないから、どこにでも行けるんだよ」

「………」

「それにね、パリに行ってみて思ったんだけど、わたしがずっと憧れてたパリと、現実のパリとは、ちょっと違ってた。ていうか全然違ってた。がっかりしたわけじゃないけど、でもなんか、全然違った」

　現実のパリに行ってしまったら、これまで何十年も夢に見てきた妄想上のパリは、消えてなくなっちゃった、とあゆこは言った。

「ずっと海外に行ったことなかったのがコンプレックスみたいになってたんだ。けど行ってみて思った。別に行かなくてもいいんだよ。わたしはずっと頭の中で、わたしだけの素敵なパリに住んでたんだから。架空の世界みたいな、ぼんやりしたファンタスティックなパリが、ちゃんと存在してたの、わたしの中に。でも現実のパリに足を踏み入れた瞬間に、もうそこがどういう街だったか、思い出せなくなっちゃった。わたしはそれが、ちょっとだけ悲しいの」

「でも、あゆこが移住するのは現実のパリなんでしょ？」

「うん。日本には、わたしを束縛してくれるものがないからね」と、またあゆこは自嘲気味に笑った。

あゆことこんなに真剣な話をしたのは、本当に久しぶりだった。もしかして、それこそ十七歳以来かもしれない。将来のことを考えて、あーだこーだと夢を膨らませたり、憂えてみたりしていた、十七歳のあたしたち。高校生のころ、ファストフード店に居座って、生意気な口を利いていた遠い時代を思い出す。そしてあのころ自分が想像していたような〝将来〟とか〝未来〟なんて、結局どこにもなかったんだなぁと思った。あるのはただ、〝現在〟のみだ。

「わたしにはなにもないから。だからどこにでも行けるんだよ」

そう繰り返すとあゆこは、「待った。ひとつあった」と言い直した。

「ねえ、ひとつだけお願いがあるの」

「なになに？　なんでも言ってよ」

「うちの猫、預かってくれない？」

籠に入れてあゆこが運んできたその猫は、利発そうな顔をした、小さな女の子だった。旦那も猫は好きだけど、もしわが家に子供が生まれたら、邪険に扱うかも……と、ぎこちなく猫を抱きながら顔を曇らせた。

「まあ、そのときはそのときで」

あゆこはあっけらかんと言う。

「大丈夫、猫ってどんな目に遭っても、〝これが人生さ《セ・ラ・ヴィ》〟って、けろっと流しちゃうから」

人生に深刻になっちゃダメダメ、と言って、あゆこはパリに旅立って行った。

第二部

わたしはエトランゼ

I

八月にうっかりパリ旅行した人の失望ははかりしれない。どのお店もバカンスに行ってお休みで、まともに食事をとることさえ困難なのだから。ショーウィンドウを指をくわえて見ているだけなんてことも起こりうるし、バカンス中は医者だって休みだから、ことによっては文字どおり死活問題だ。せっかくの夏休みを棒に振りかねない上、いきおいパリが嫌いになってしまうかもしれない。

でも実際は、八月を除いてパリ旅行の計画を立てるのは難しい。だから多くの日本人が、それを覚悟の上で八月のパリを訪れ、ほのかに失望して帰るはめになる。

「それを解消するってわけかぁ、いいんじゃない?」

杉浦さんが、ブラッスリーで買ったバゲットサンドを頬張りながら、ふむふむという調子で言った。長かった冬がようやく終わり、日差しがぽかぽかとあたたかくなったころ。居ても立ってもいられず、アパルトマンの中庭でランチしようと言ったのは、社長である杉浦さんだ。

杉浦さんはダンガリーシャツとチノパン、革のトップサイダーという出《い》で立《た》ちで、ベンチで足を組む。髪も髭も白髪まじりだが、顔がつるりと若く大学生のような雰囲気。フランスに来て、もうすぐ二十年が経つという。

ナプキンで口の端を拭いながら、

「このミスマッチをどうにかしないと、わたしみたいな目に遭う人が後を絶たないですから」と力説した。

人生二度目の、移住目的でやって来たパリ。それがちょうどバカンス期で痛い目を見たことは、わたしの定番ジョークになっているから、杉浦さんも「そうだなぁ」と笑ってくれた。彼は路頭に迷っていたわたしを助けてくれた、恩人でもある。

「じゃあなおさら、パリ市内のツアーにしちゃったらダメだよね」と杉浦さん。彼は日本語で喋るときもちょっと巻き舌になるせいか、歌っているように聞こえる。「八月だと、パリ・プラージュくらいしか楽しめるものがないしなぁ」

パリ・プラージュは、バカンスに行けない居残り組の市民のために、セーヌ河岸に砂を敷き詰めて作られる人工海岸のことだ。毎晩のように音楽イベントが行われ、ビキニ姿の若い女の子がデッキチェアに寝そべり、子供たちが走り回る。

「一日くらいはパリ・プラージュの日があってもいいだろうね。街なかで水着の女の子が見られるなんて、滅多にない機会だし」

杉浦さんはでれでれと鼻の下を伸ばす。わたしは呆れながら、

「いや、このツアー、女性向けなんですけどね」

と、ちょっと冷たく言った。

杉浦さんが立ち上げた小さな会社に、語学学校に通う傍らバイトとして手伝いに行くようになり、正式に社員として雇ってもらったのは今年に入ってから。現地コーディネーターといっても大手の下請けみたいな仕事が主で、これまではシャルル・ド・ゴール空港からパリ市内の間の送迎の付き添いばかりだった。市内が閑散期に入る八月に特化した、新しいツアー企画を出してみてと言われたのが、昨日のことだ。

そこで考えたのが、本物のパリジェンヌみたいにバカンスを過ごすプランだった。ツアーにありがちな、殺人的スケジュールでせわしなく観光地を回る旅じゃ

なくて、とことんなにもしない旅。あそこにも行きたいこれも食べたいという欲張りな旅とは真逆の、無為な時間を過ごすだけの、ある意味やる気のない旅。でもそれによって、人生への前向きな気持ちがむくむくと湧き出る、そんな旅だ。

「それこそが、フランス人にとってのバカンスですよね？」

確認するように訊くと、

「そうだな。あの人たちは本当に、バカンスがないと死んじゃうからね」

杉浦さんはやれやれといった表情で笑った。フランス人に手を焼いて、焼き尽くして、それでもフランス人が好きという彼が、よくやる顔だ。

「でも、この企画にそれなりの人数を集めるとなると、フランス人にとってバカンスがどういうものかを、まず知ってもらわないといけないだろうね。それを伝えるのが、いちばん難しいかもなぁ。なにしろ日本人とは価値観が真逆だから」

杉浦さんは食べ終わったバゲットの包み紙をくしゃくしゃっと丸めると、ベンチから立ち上がった。

「じゃあおれ、上に戻ってるから」

「はい、わたしちょっとカフェしてから戻ります」

「ごゆっくり〜」

杉浦さんは背中を向けたまま、ひらりと手を振ってアパルトマンの中に入って行った。階段を一段ずつあがる靴音が響く。五階の一室が事務所になっているが、エレベーターはなく、らせん階段を延々のぼらなくてはいけない。

春先のパリは寒暖差が激しく、ちょっとでも日が翳《かげ》ると途端に肌寒い。門をくぐって外に出て、通りを少し行った場所にあるカフェのテラスに腰を下ろす。近くにはカフェ・ド・フロールやドゥ・マゴといった伝説的な有名店もあるけど、そういうところは外のテーブルに、ズラリとイケてるフランス人が座っているから、なんだか気後れして一人では入れない。よく行くのは、日当たりの悪い路地裏にある、決しておしゃれとはいえないカフェだ。店の人が下町っぽいノリで親切にしてくれるところがいい。テーブルにつき、にこやかにメニューを差し出してくれるギャルソンに"Bonjour"とあいさつして、カフェクレームをたのむ。

こっちに来てから吸いはじめた煙草を取り出し、一息吸い込んで、甘い香りを口いっぱい味わう。勧められて煙草をときどき吸うようになり、はじめて自分で買ったときは、いい年をして不良になった気分がした。パリでは高校生の女の子まで堂々と路上で吸い、火の点いたままの煙草を道端にポイと投げ捨てたりする。最初はマナーの悪さにぎょっとしたけれど、そういう光景にもすっかり慣れてきた。

自分がパリにいて、あまつさえ住んでいて、こうやって日常的にカフェでぽっかりした時間を過ごしていることが、ときどき不思議でならない。行き交う人の姿を眺めながら、ふと自分が、どこにいてなにをしているのか、わからなくなる瞬間がある。

けれど、なんとか、どうにか、腰を落ち着けて暮らしている。

澄ました顔で上手にパリの一部になっているつもりの日もあれば、ちぐはぐな気持ちのまま一日を過ごすこともある。心が元気なときはこの街に来てよかったと思うし、そうでないときは日本に帰りたいとも思う。一端の、フランス女気取りの日。親とはぐれてしまった子供みたいな気分の日。いろんな日を行ったり来たりしながら、もう一年になる。

わたしがフランスに再びやって来たのは八月だった。友達の友達がパリに、日本語のできる知り合いがいるというので、それを頼って飛び込んだものの、当の本人はバカンス中で、いくらメールしても返ってこないというアクシデントからすべてははじまった。最初のうちはホテルに泊まっていたけれど、節約のためユースホステルに宿を変え、世界中から集まったバックパッカーに揉まれて数日を過ごした。三十六歳にもなって、大学生と一緒に雑魚寝みたいな状態で夜を過ごすことが無性に虚しく感じられ、来て早々すっかり落ち込んでしまった。

憂鬱な気分で眺めるパリの街は暗い。

実際、パリはきらきらした部分とそうでない部分のコントラストが強い街だ。顔を上げると建物からなにからすごく綺麗《きれい》なのに、下を向くとゴミだの唾の跡だの煙草の吸い殻だの、汚れた部分ばかりが目に入る。はっとするほど素敵なパリジェンヌが颯爽と歩き過ぎ、ぼーっと目を奪われていると、スリにバッグを狙われたりする。日本に比べたら治安が悪いのは覚悟していたけど、想像以上だ。街角のATMに立ち、出てきたお札を下から伸びた手がさっと摑《つか》み、「え？」と思って見たら子供のスリだった日には頭がくらくらした。

ユースホステルにいる間は一日なにも予定がなくて、でも観光するような気力もなく、毎日カフェで一人途方に暮れていた。絶望的な気分で昼間からワインを飲んでいたところ、杉浦さんに声をかけられたのだった。

「日本人？　旅行？」

フランス語訛りの日本語で話しかけられ、酔いも手伝ってかそれまで我慢していた感情が決壊したように、彼に身の上話をはじめてしまった。

「友達の友達のフランス人と、全然連絡がつかないんです……」

涙ながらに訴えるわたしを、

「友達の友達の友達？　君、それは他人だよ」

杉浦さんは冷静にたしなめた。

「ましてやフランス人相手にそんな期待しちゃダメ。あの人たち本当に適当だから」

杉浦さんにアドバイスをもらって日系の書店へ行き、そこの掲示板で不動産情報をチェックして、日本人の仲介人とやりとりしてどうにか部屋を借りることができた。部屋にはルームメイトを探していたというオーストラリア人の女性がダックスフントとともに、一足先に入居していた。

ベッドなどの家具は部屋に付いているし、こまごました家財道具は一年ほどで帰国する日本人が安値で叩き売るのを買ったり、譲ってもらったり。そうこうしてどうにかパリに腰を落ち着けることができたころに、バカンスから帰ったばかりの――友達の友達の友達である――レミに会えたのだった。

「あなたが来るのは知ってたんだけど、バカンスの予定は変えられないし、仕方ないなと思っていたのよ。パリに戻ってから連絡するつもりだったの。わたし、バカンスに行くときはケータイを持っていかないことにしてるから」

レミは英語が上手で、大学で勉強したという日本語も少しだけ話せたから、会話には困らなくて助かった。でも、初対面早々に「来ることは知っていたけどあえて無視した」と言うのを聞いて、ちょっと唖然《あぜん》とした。ひどいなぁという気持ちと同じだけ、その悪びれない正直さに対するうらやましさも感じた。わたしはそういうことを言えずに、無理して相手に合わせ、疲れて、そっと距離を置くようなつき合いばかり繰り返してきたから。

次に会ったとき、レミはわたしの両頬にビズをした。頬と頬を寄せて軽くキスをする、フランス映画でよく見るあれだ。突然の接触に戸惑っていると、

「もしかしてわたしがはじめてのフランス人の友達? じゃあビズもはじめてなの?」

と、ビズのやり方を教えてくれた。

レミは生粋のパリジェンヌだ。スリムジーンズにバレエシューズといったなんでもないシンプルな服を、体の一部みたいにしっくり馴染ませ、全身がパリの街と見事に調和している。

レミだけじゃなくすれ違うパリの人は、この街の景観にとてもフィットしていた。景色から浮き上がっているおかしなファッションというのをあまり見ない。それから、あからさまに似合っていないものを着ている人とか、みすぼらしい感じの人も。バスクシャツを着た、絵に描いたようにパリジャンっぽいおじいちゃんが、フランスパンを小脇に挟んで歩いているのを見かけるたび、笑いそうになる。トレンチコートを着こなすマダムたちの貫禄《かんろく》もなかなかのものだ。

レミは見た目も態度も落ち着いているから年上かと思ったけど、"Quel âge avez-vous?"（おいくつですか？）と訊いたら、なんと十歳も年下だった。そして日本の文化にすごく興味があるという。着物も好きだし、コスプレにもちょっと興味があって、浮世絵もマンガも等しく好き。村上春樹の小説も読むと言う。

「ムラカミの小説は素晴らしいわよね！」

と言われて、リアクションに困ってしまった。わたしは村上春樹を読んだことがないのだ。

午後一時から二時までの昼休憩が終わり、事務所に戻る。中はオフィス向けに改装され、内装も現代的でシンプルだ。でも、部屋のちょっとしたディテールが美しかった。寄木細工の床、漆喰《しっくい》の壁、廻《まわ》り縁《ぶち》は草木の模様が装飾的に彫られている。アパルトマン自体相当古いけど、わたしにあてがわれた机と椅子もかなりの年代物だ。なんでも新しいもの、安いもので揃えがちだった日本での生活に比べると、たしかに真逆。ここではこういう、経年変化したものの方に価値が置かれるのだ。

メールの返事を書いたりパソコンで切符の手配をしているうちに、送迎の時間がきて、運転手のシモンとミニバンで空港へ向かう。スケッチブックに名前を書いて掲げ、到着出口から出てくるお客さんと落ち合って、ホテルにチェックインするところまでお世話するのが仕事だ。四時半に事務所に戻ると、杉浦さんから、昼に話した企画のつづきを訊かれた。

「ところで行き先って見当つけてる？　パリ市内以外で日本人好みの観光地っていうと、ヴェルサイユ宮殿かモン・サン＝ミシェルになっちゃうじゃない。そういう場所は競合ツアーが多くて定員割れするかもなぁ。うちみたいな小さな会社は、もっとニッチな企画で勝負しないと」

「そうですね。ジェルブロワとかは……」

「薔薇《ばら》の村ぁ？　でも薔薇の時期ではないからなぁ～」

杉浦さんは背もたれに体重をかけて、大きく伸びをした。

ブルターニュ地方はどう？

それだったら南仏の方が引きはあるだろ。

なら、コート・ダジュールよりやっぱりプロヴァンスでしょうかねぇ。

「あ、五時だ」

話の腰を折る形で、杉浦さんが壁時計を見て言った。

その一言を合図に、わたしはパソコンを閉じ、机の周りをさっと片付けてバッグを持つ。

「お疲れさま〜、アドゥマン」

「ボンソワー、アドゥマン」

杉浦さんは一刻も早く玄関ドアに鍵をかけようとうずうず。早く早くと急かし、恋人との約束があるからと、階段を駆け下りて行った。

日本じゃ考えられないことだけど、フランスでは定時上がりが鉄則である。杉浦さんはフランス人の働き方にあこがれて、なんとかこの国で、この国の人のように働けないかと苦心した末に会社を興した人なので、労働者の権利に関しては徹底している。時間外労働やサービス残業を、自分ですることも、従業員にさせることもあり得ないと考えている。そしてバカンスは五週間きっちり取る。そういう考えには、もちろんわたしも大賛成だ。

でも別に、仕事が楽ちんなわけではない。終業時間をきっちり守りながら仕事をこなさなくてはいけないので、出社時間は朝八時と早く、仕事の効率をいちばんに考える。杉浦さんや、バイトの子ともあまり無駄話をしないようにして、昼休憩はしっかりとり、眠くなる午後も集中して働く。そうやってやりくりして、五時には未練なく退社。日本人気質のせいか、まだ働きたいなと思うときもあるし、取引先の人やお客さんに、連絡がつかないと怒られることもある。そのせいで仕事を失ったことさえあるけれど、杉浦さんはそれでいいと言う。普段は決して声を荒らげたりしないけれど、そういうときだけ杉浦さんは厳しい口調で、「ここはパリなんだから」と強調するのだった。「郷に入れば郷に従えだよ」と。

ここでは仕事を「楽しい」と言い切ってしまうことに、なんだか抵抗がある。あからさまにいやいや働いているサービス業の人は多いし、仕事をしていても「こいつやる気ないな」と思うフランス人は多い。わたしはいまの仕事がすごく楽しい。やるべきことがあり、使命感に駆られてそれをこなしているときは、ちょっとしたハイ状態になる。けど、それがすべてになってはいけないと杉浦さんは釘《くぎ》を刺す。——人生の喜びは、仕事なんかじゃない。それを見出《みいだ》すために、僕はフランスにやって来たんだ。

パリの物価に比べると給料は決して多くないので、わたしは埋め合わせに翻訳の仕事を続けつつ、質素に生きている。洋服は出来るだけシンプルにして着回し、食費以外にあまりお金を使わない生活。パリなんてさぞかし素敵なものがたくさん売られているかと思いきや、日本みたいに物欲を刺激されることは少なく、お金がないことのストレスもそれほど感じないで済む。

ただ、違う種類のストレスは大量にあった。日本の、ほとんど滅私奉公といってもいいくらいのサービスに慣れた身には、日常的にイライラすることが数限りなくある。お釣りを間違えても知らん顔のスーパーの店員、閉店時間の三十分前に店仕舞いをはじめるデリ。儲《もう》ける気がないのか、彼らは遠慮なく店を閉めるし、ちょっとの融通も利かせてくれない上、それが意地悪だとは思っていないらしい。それは自分の仕事じゃないからと、微塵《みじん》も悪びれないし、絶対に謝らない。天敵である郵便局員には、あまりの怒りに体がカタカタ震えたほどだ。

怖い思いも何度もした。アジア系というだけですぐにスリグループに目を付けられてしまうから、いつもバッグをたすき掛けにして、シャキッと背筋を伸ばして足早に歩かなくてはいけない。ちょっとでも気を抜いたら、なにをされるかわからない。

こうやって列挙すると一長一短だけど、どうしてだろう自分には、不思議とこの街が、いまのところとても居心地がいいのだ。

Ⅱ

南仏バカンスツアーには、老若男女さまざまな人が十人以上集まった。友達同士で来た老婦人、若い家族連れ、母と娘、熟年夫婦とともに、一人で参加した女性の姿も目立つ。

どの人にも、ツアーのコンセプトは念入りに伝えてあった。

〈本当になにもしない、ただただ無為な時間を過ごす、フランス流のバカンスを味わってください〉

バカンスの語源はヴァカント（vacant）、トイレの「使用中です／空いています」でいう、「空いています」を指す言葉だ。だから本物のバカンスは、厳密にいうと旅行ではない。空っぽになるためにわざわざ遠くへ行く。暇をしに行くのだ。なにをするのも自由だけれど、こちらから提案は一切しない。行き帰りの引率はするし、困ったことがあれば助ける。だけど自発的なサービスはなし。朝寝坊と昼寝は大歓迎。海に行って泳ぐも、街をぶらぶら散策するも、山の方へ足を延ばしてみるのも自由。時間の使い方は各自にお任せ。

〈だからといって、ほかの人より有意義に過ごそうとせず、できるだけ無為な時間を過ごせるように、張り切ったり、がんばったりしないでください〉

という注意書きをパンフレットに加えたのは杉浦さんだった。

こんな無謀な企画に賛同してくれる人はいるのかしらと心配していたけれど、募集してしばらくすると、ぽつりぽつりと申し込みが入り、最終的には定員を少しだけオーバーした。そうして八月のある日、色とりどりのスーツケースを引いた日本からのゲストがシャルル・ド・ゴール空港に到着し、国内線の乗り継ぎを経て、無事マルセイユ・プロヴァンス空港に降り立ったのだった。

手配したミニバスに乗り込み、高速を走る。移動に次ぐ移動でさすがにみんなぐったり。けれど高速を降りて辺りの景色が眼前に広がると、「わぁーっ」と歓声があがった。小麦畑に葡萄畑《ぶどうばたけ》、それからいろんなハーブの畑がどこまでもっづく、のどかな田舎道だ。

誰かが窓を開け、車中に風がふわりと薫る。

「なんかいい匂いがする」

「ラベンダーじゃない？」

「風が気持ちいいね」

「太陽の感じも日本と全然違う」

「ほんとほんと」

「空気も違う！」

「そう、空気が乾いて、澄んでる」

あちこちがさんざめき、長旅の疲れも吹き飛んで車中に元気がみなぎる。

フェンネル畑を通り過ぎ、アスファルト舗装も終わって、車は村の方へと近づいて行く。

このツアーのために、杉浦さんは人脈を駆使して最高の宿泊先を見つけてくれた。十六区の高級アパルトマンに住む、とあるお金持ちの一家が所有している南仏の別荘である。二百年前の古い農家らしく、頑丈な石造りで、部屋数も多い。

彼らはほかにも別荘を持っているらしく、交通の便が悪いこの別荘は売りに出そうかと考えているという。だったらその前に使わせてくれないかと拝み倒して、破格の値段で貸してもらう約束を取り付けたのだ。以来何度も足を運んで準備をしてきた。管理を任されている地元の人に話を持ちかけて承諾を得て、食事と掃除の世話をしに来てくれる通いのメイドさんも確保できた。

「そんなに大勢の日本人が、本当にこんなところへ来るのかい？」

メイドをお願いしているマルトさんは疑わしげに言っていたけど、誰よりもわたし自身が、この場所に日本から来たみんなが降り立ったのを見て、信じられない思いでいた。ミニバスから次々降り、声をあげて興奮している彼らの姿に、わたしはまるで自分の夢が叶ったみたいな思いがした。

到着したその日は全員が疲れきっているだろうと、マルトさんはバジルのたっぷり入った野菜スープと、ペースト状にした茄子《なす》のディップとフランスパン、鶏のハーブ詰め、それからじゃがいもとトマトとチーズの重ね焼きというメニューを用意してくれた。

「ティアンっていうのよ」とマルトさん。

耐熱皿《ティアン》を使ったプロヴァンス料理のことらしい。

ティアンを使った料理は〝ティアン〟と総称すると、なんとか翻訳してみんな

に伝えると、

「それって日本で言う〝鍋〟みたいなもんかなぁ」

と誰かが言って笑いが起きた。

料理はマルトさんが用意してくれたものをいただくけれど、どこでどう食べるかは各自の自由だ。

熟年夫婦はリビングで食事をはじめ、老婦人ペア、母娘ペア、それから若い家族連れは、部屋で食べると言って二階へ上がった。あとはてんでんバラバラ。一人で来ている人同士はもう打ち解けていて、外で食べたいという。

「もちろんいいですけど、外灯がないからちょっと暗いかも」

と言いながら、わたしも杉浦さんも外へ出て、一緒に食べることにする。

テーブルを外に運び、クロスをかけて、椅子を置く。ロウソクに火を点け、ワインを開けてグラスに注ぐと、杉浦さんが得意気に〝Cin cin!〟と乾杯の音頭をとった。

「チンチン？」

というくすくす笑いに、

「イタリア語の『乾杯』です」と、照れながら注釈を入れる。

「あ、フランス語じゃないんだ」

と突っ込まれて、杉浦さんはでれでれと嬉しそう。女好きなのだ。

「こういうの、いいわねぇ。シャーロット・ランプリングの映画にあったの、こういうシーン。何時間も車を運転して田舎の別荘に着いて、夕飯の支度して、夫婦で外で食べる……」

「『まぼろし』！　わたしもあの映画好き」

と、会話がどんどん広がっていく。

少し話すと、このテーブルに着いている全員が独身であることが判明した。

「独身じゃなかったら、一人でフランスには来ませんよ～」

いちばん若い、まだ大学生くらいの女の子が言う。

「ねえ、フランスの恋愛事情ってどうですか？　やっぱ日本人ってモテます？」

なぜか質問がわたしに集中し、食べる間もなくあせあせとこたえた。

「モテるといえばモテるけど、いわゆる〝日本人女性〟が好きっていうタイプは危険ですね」

「ああ、“tatamiser《タタミゼ》”ね」と杉浦さん。

「なんですかそれ？」と、女の子は首を傾げる。

「日本人女性って、おしとやかで従順で優しくて……っていう幻想があるんですよ、こっちの男性には。そういう日本人女性好きの男性のことを、『畳化してる』ってことで、タタミゼ」

「へぇ〜！」みんなのけぞって驚く。

「ただ、日本人女性っていう幻想に押し込めようとするから、結婚したあとで奥さんの方が、それまで我慢していた自己主張を爆発させて、こんなはずじゃなかったと離婚するカップルも多いらしいですね」

「そういう人とつき合ったことありますか？」

ぐいぐいプライベートなことを訊かれて窮してしまうけど、チラッと杉浦さんを見ると、「言っちゃえよ」と目が笑っていた。

「……ハイ。モロに」

おぉ〜。

どよめきが起こる。

パリに来るまで、恋愛なんて何年もご無沙汰だった。日本にいたころは新しい友人知人なんてそれこそネットの世界にしかできなくて、「出会いがない」が口癖みたいになっていたけど、こっちに来てからは在仏邦人ネットワークがみるみる広がり、フランス人ともたくさん知り合った。フェットに呼ばれて顔を出せば、あっという間にいろんな人と出会うのがパリなのだ。

「フェットってなんですか？」

「ホームパーティみたいなものなんですけど、毎週のように誰かが開いてるから、それにちょこちょこ行くうちに、顔見知りが自然に増えていく感じですね」

「いま彼氏はいるんですか？」

「……ハイ」

おぉ～。

「相手はフランス人ですか？」

「……ハイ」

おぉ～！

どよめきと、笑い。

自分がこんなふうに、場の中心でインタビューまがいのことをされる立場に立ったのは、生まれてはじめてのことで、なんだかきまりが悪い。

切り込み隊長よろしく質問を繰り出していた大学生の女の子が、「いいなぁ～」なんてひとりごとを言っている間に、もう少し年上の、しっとりした色気のある女性に、真面目な顔で訊かれた。

「フランスにも結婚のプレッシャーってあります？」

「あー……それが、あんまり。あんまりって言うか、全然ないです。日本にいたころは、結婚してないことがすごい十字架みたいになってたんですけど、こっちの人はまるっきりそういうこと気にしないので。PACS《パックス》っていう、入籍とは別の形をとるカップルも多いし。みんな恋愛至上主義なんで、恋愛そのものがメインで、結婚をゴールみたいには思ってないんですよね、きっと。もっと熱い恋愛の方にどんどん流れていくから、その分入れ替わりも激しかったりするけど。まあ、良し悪しかな」

「でも子供のこと考えたら、三十五歳までになんとかしないと～みたいなこと、思いません？」

「うーん、フランスには高齢出産っていう言葉がないから」

へぇ～！

女性たちの感心しきりといった声が、いつまでも大きく響いていた。

そのリアクションを見て、「ああ、そうだった」と、思い出したのだった。

わたしもパリに来る前は、彼女たちとまったく同じようなことに囚《とら》われ、縛られていたっけ。結婚しなくちゃ、子供が欲しいなら早く産まなくちゃ。誰に強要されたわけでもない、そういう概念に心を束縛されて、同調圧力であっぷあっぷだったこと。それが嫌で嫌で仕方なかったこと。

いまから考えると、どうしてそんなふうに、全員が同じライフコースを、同じようなタイミングで生きなければいけないんだと思う。そんなの変じゃないか。知らず知らずのうちに、自分を苦しめていた固定観念は、どこかへ消えちゃってたんだなぁと、彼女たちと話すうちに気がついた。

笑い声がちょっとでも途切れると、虫の鳴く音やふくろうの声が、四方八方から聞こえてくる。にぎやかな夜だった。

フランスでバカンス休暇が五週間に決められたのは、一九八二年のことという。もちろん最初から国民にそんな手厚い福利厚生があったわけではなくて、労働者が有給休暇と労働条件の改善を求めたストを起こし、それだけの日数を勝ち取ったのだ。

年五週間の休みの大半を、だいたいの人が夏に費やす。三週間から四週間ほどたっぷり時間をとって、日頃の暮らしとは距離を置き、なにもしないで過ごす。

そういう本場のバカンスを味わってもらおうにも、日数には限りがある。一週間の旅といっても移動で三日が潰れるから、実質たった四日しかない。その貴重な四日間を「なにもしないで過ごしてください」なんて、思えば傲慢な話だ。でも、参加した人はみんな、とても上手になにもしないで、時間を過ごしているようだった。

天気は素晴らしかった。滞在中ずっと晴れ。朝は思い思いの時間に起きて、クロワッサンとコーヒーの朝食をおのおの勝手にとる。庭の長椅子で本を読みながら、すぅすぅ眠ってしまう人、街まで散歩に出かける人、自転車でそのへんを走ってくるという人、さまざまだ。

「ミストラルには気をつけてね」

マルトさんが注意を呼びかける。

ミストラルとは南仏特有の、アルプス山脈を越えて吹く強い風のことだ。夏でもときどき、かなりの突風が吹き付けるという。

古びた自転車にまたがった女性に、「寒暖差もあるそうですよ」と声をかける。彼女は腰に巻きつけたネルシャツをひらりとさせ、「大丈夫よ、ありがとう」颯爽と言った。サングラスをかけてつばのあるストローハットをかぶり、スラリと姿勢が伸びている。海外旅行に慣れている感じのする、大人の女性だ。

母娘連れの娘さんの方は、どこから持ってきたのか油絵の道具とキャンバス、それからイーゼルを担いで、一人でスタスタ行ってしまった。お母さんの顔を覗くと、「あの子いつもああなんです」と困り顔だ。

訊けば、娘さんはパリの美術学校に留学中だそうだ。お母さんが様子見かたがた遊びに行きたいというと、娘さんの方が「だったら南仏に行ってみたい」と、このツアーを探してきたという。

庭で遊んでいたツアーメンバー唯一の子供が、老婦人たちに歓待されて、きゃあきゃあと大声をあげて走り回っている。

散歩から戻って来た女性の手には、摘み取った野花とハーブが握られていた。

「これを活《い》ける花瓶、あるかしら」

そうこうしているうちに、マルトさんの買い出しにつき合って、早朝からマルシェに行っていた熟年夫婦が戻って来た。

「市場、すっごく良かったわぁ」

奥さんは弾《はじ》けるような笑顔で車から降りる。

ミニバスには大量の食材が積まれていて、これらを全部キッチンまで運ばなくてはいけない。杉浦さんと、それから熟年夫婦の旦那さんの方が、力仕事を買って出ていた。

「飯の支度をするとなると、一日なんてあっという間なんだなぁ」

と、旦那さんが独りごちる。

たしかに、全員が全員まったり過ごしている中で、マルトさんだけが忙しい。

「手伝わなくてもいいのよ、あなたたちはゲストなんだから」

と言うけれど、プロヴァンス料理に興味のある人はみんな自然とキッチンに集まってくる。その人気ぶりにマルトさんは、「ただの田舎料理なのに」と不思議そうにしていた。プロヴァンス料理というと素敵な響きだが、作り方はどれも素朴なのだ。

「特徴はね、にんにくとトマト、それからオリーブオイルをたっぷり使ってることかしら。それからハーブね。ローズマリー、タイム、ウィンターセボリー、マジョラム、オレンジピール、なんでも塩コショウするみたいにパパッと入れちゃうの。あとはチーズ！」

大勢に囲まれて、ジュリア・チャイルド状態で解説しながら手を動かすマルトさん。

「そうだわ！　せっかくだから全員で、お昼を外で食べましょうよ！」

その突然の提案に、わたしは杉浦さんと顔を見合わせた。

なにしろコンセプトがコンセプトなので、こちらからは全員でなにかをしようということは考えていなかった。

「どうでしょう……？」

居合わせた人たちに訊いてみると、揃って“Oui!”の返事。

それで急遽《きゆうきよ》、四日目の昼の予定が決定した。


プラタナスの木陰に長テーブルを並べ、赤いギンガムチェックのクロスをかける。カトラリーに取り皿、そしてワイングラスを人数分セットしたところで、次々料理が運ばれてきた。オレンジ色のル・クルーゼにたっぷり入ったラタトゥイユ、ズッキーニにころもをつけて揚げたベニエ、牛すね肉のワイン煮込みは、朝から四時間もかけて作ったものだ。新鮮な野菜のサラダと、おいしいと評判のパン屋さんのバゲット。そのバゲットをこんがり焼いて、にんにくや月桂樹の葉で煮込んだスープをかけたアイゴ・ブリード。さらにはたっぷりの魚介を白ワインとトマトピューレで煮たスープを、バターライスにかけた締めの一品まで、どれもにんにくがしっかり効いていて、ハーブのおかげで香りに深みがある。ワインを何本も空けながら、これ以上ゆっくり食事したことはないというくらい、みんなたっぷり時間をかけて味わいながら、途切れないおしゃべりに興じた。四日の間にそれぞれの顔と名前が一致したらしく、もうすっかり友達のように、お互いを下の名前で呼び合っている。

アナさんと和子さんの老婦人ペアは、

「わたしたち、パリに住んじゃおうかって話してたんだけど、気が変わったわ。南仏に住むことにした！」

などと元気に宣言して、みんなを驚かせた。どう見ても七十歳は過ぎているのに、バイタリティは誰より旺盛だ。

和子さんはさらに、

「でもねぇこの人、辛気臭いの。亡くなったご主人の位牌《いはい》を持ってきて、ベッドサイドに飾ってるんだからぁ～」

とプライベートを暴露して、「んもぅ」とアナさんに小突かれていた。

「だってぇ～」ともじもじしているアナさんが、なんだかとても可愛らしい。

「いいなぁ～。わたしも友達とパリに住もうって、盛り上がったことありました」

大学生のさほさんは、せつなそうにぽそりとこぼす。

京都に住んでいるやすこさんと、温泉街育ちというかなえさんは、二人してアンニュイな雰囲気だからか、類は友を呼ぶでこの旅の間にすっかり仲が良くなったらしく、隣り合って座っている。そのやすこさんが、

「今度はパリに、買い付けの仕事で来たいな」

と発言すると、

「あらあたし、ちょうどそういうお店はじめようと思って、いま準備中なの」

たえこさんという、いかにも都会風の大人の女性が言った。

頭の先からつま先まで洗練されているけれど、出身は宮崎で、大学のとき福岡に出てから、東京へ来たんだという。その「福岡」という言葉に食いついたのは和子さんだ。

「あたし駆け落ちして、長いこと福岡に住んでたのよぉ～」

大胆な告白に、一同唖然。

一方アナさんは、隣に座っている家族連れと親睦中。美海ちゃんという娘さんが、可愛くて仕方ないといった表情だ。

「うちはみんな男の子だったからねぇ」

「男の子も可愛いですよね。男の子も欲しいと思ってるんです」

「一人で見るの大変でしょう？」

「そうですね、でもまあ、専業なんで」

「専業主婦も大変よぉ！」いきなり声を荒らげるアナさん。

「でもいいじゃない、こんな素敵な旅をさせてくれるなんて、ほんといいご主人。うらやましいわ」

あちこちで会話が弾んでいる。

そして絵描きの少女は誰とも馴染まずに黙々と食べている――かと思いきや、ふとわたしと目が合うと、彼女は真顔でこんなことを言った。

「なんかわたしたちみんな、前世で同じ村に住んでた民《たみ》みたい」

………。

彼女の言葉は喧騒《けんそう》の中、みんなの耳にすっと届き、一瞬辺りが静まり返った。

ざわざわと、虫の声や、風が木々を揺らす音が聞こえる。

「ちょっと、民ってあんた」

隣に座る母親が、笑い半分にたしなめたけれど、このテーブルについている誰もが、絵描きの少女のその発言を、真剣に受け止めていた。

「ほんとだ、前世でみんな、同じ村の住人だったんだ！」

「なるほどねぇ。そういう縁でもなけりゃ、こんな場所に揃ったりしないわよねぇ」

「ずいぶん女ばっかりの村だなぁ」

ワコちゃんの旦那さんが、はじめて口を開く。

すると女性陣は、弾けるように笑い声をあげて、誰からともなくワイングラスを持ち上げ、もう一度カンパイした。

マルトさんがデザートを運んで来る。

焼き菓子の甘い匂いに、悶えるような歓声があがった。

Ⅲ

その只中《ただなか》は目の前のことしか見えず、深く考える間もなく通り過ぎて行くけれど、あとあと記憶に残り思い出として刻まれる、特別な時間というのがある。日々起こるたいていのことは忘れていく。でも人生の中にぽつりぽつりとそういう特別な時はあって、ふとした瞬間に思い出し、しばし心を奪われた。毎日は駆け足で明日へ明日へと進むけれど、そういう記憶に残った思い出たちが、飛び石みたいに自分の来し方をしっかりとマークしてくれているのだ。これがあなたなんだよ、と。

つい昨日の出来事なのに、あれはまさしくそういう時間だったんだと、なんだかすでに懐かしい。

さんさんと降り注ぐ南仏の太陽、雑草が伸び放題の庭、みんなで長テーブルを囲み、お料理とワインをいっぱい並べて、絶え間なくお喋りする風景。バカンス映画の一シーンみたいなひとときだった。

「いい旅だったなぁ」と、帰りの飛行機の中で杉浦さんが言った。

「はい、とっても」

わたしも謙遜なんかせず、はっきりと言い切った。

これは、とても素敵な旅だったと。

誰の人生にとっても、特別な時間だったと。

飛行機が着陸態勢に入り、市松模様のようになった畑がぐんぐん近づいてくる。そしてシャルル・ド・ゴール空港の滑走路に滑り込み、窓の外の牧草地帯には、ぴょんぴょんと跳ねる白うさぎの姿が見えた。

空港からはタクシーに乗ってパリ市内に戻り、アパルトマンに着くと、服を着たままベッドに倒れこんで眠ってしまった。何時間経ったのだろう、恋人からの電話で目が覚めたときには、翌日の昼を過ぎたところだった。

ツアーがとてもうまくいったことを報告し、今日は疲れているから夜だけ一緒にディナーすることにして、午後は一人でゆっくり過ごすわと言う。

それはいつもの休日だった。

よく行くカフェで簡単な食事をとり、予定も立てずに街をぶらぶらする。ボン・マルシェを冷やかして、首相官邸の裏通りにある公園で本を開く。日本書店で手に入れた、村上春樹の小説だ。なにを買っていいかわからず、デビュー作の薄い文庫を選んだが、いまいち自分には合わない。もっと若いときに読んでいたら、好きになったのかもしれない。

スマホでなんとなく地図を見ていると、少し先にロダン美術館があることがわかる。行ってみようと思い立ち、通りを歩いていると、角にぎょっとするほど異様な建物を見つけた。

「なにこれ……」

茂みの向こうにそびえる、中国風のおどろおどろしい建築を呆然と見上げる。

〈PAGODE〉と看板が掲げられたその建物に、吸い込まれるように足を踏み入れると、木々が鬱蒼《うっそう》としげった前庭が広がっていた。狛犬《こまいぬ》のような石像がエントランスに飾られて、和風なのかなんなのか、ますます謎だ。ふと顔を上げると、近代的なロビーに受付の人がおり、壁には映画のポスターが何枚も飾られている。

「映画館……？」

おそらくいまのわたしみたいに、興味本位で迷い込んで来る観光客が多いのだろう。受付の女の人と目が合うと、手慣れた様子で「どうぞお好きに」といったジェスチャーをされた。

パリ在住という妙なプライドが働いて、観光客に間違われたことがなんだか癪《しゃく》だ。わたしはツンと澄まして、映画を観に来た客のふりをした。

「次の回は何時からですか？」

フランス語でたずねると、なんだ客だったのかといった顔で「いま入ればすぐはじまるわよ」と教えられ、見栄《みえ》でチケットを買ってしまう。

中に入ると、そこは外観同様、相当に奇天烈《きてれつ》な空間だった。中国の王宮を思わせる柱や龍《りゅう》の彫刻、壁の金色と客席の赤い色が合わさって、豪華すぎて怪しい。生まれてはじめて一人で映画館に来たときのように緊張しながら、赤いソファに身を埋める。

明かりが消え、映写機がカラカラ回る音がすると、スクリーンに光が差す。黒バックに白いタイトルの文字が浮かんだ。

――"Didine"

「え?」

『ディディーヌ』

その題名には見憶えがあった。

いつだったか『フィガロジャポン』で知った、フランス映画だ。

パンドラの箱を開けられたみたいに、記憶が一気に蘇る。

〈主人公のディディーヌは、人生に消極的な女性。

夢も意志もあるけれど、それを隠し、流されて生きている。

ディディーヌは、するりと水の中を泳いでいく魚のよう。

傷つくことを恐れ、自分を守るために、

夢にも他人にも積極的に出られない〉

それはわたしが、パリ行きを決意するきっかけになった映画だった。日本で一度だけ上映されたというまぼろしの作品。それを観るためにフランスに行ってみようと思った、わたしにとって記念碑のような映画だ。

けれどおかしなもので、パリに来てからは毎日生きるのに必死だったから、『ディディーヌ』のことなんてすっかり忘れていた。それがまったくの偶然から、この奇妙な映画館で巡り合ったことに、かすかに鳥肌が立った。

なのにその感動は、すぐさましぼんでいく。英語字幕すらないフランス映画はさすがにちんぷんかんぷんだ。

めげずになんとかストーリーを追いかけても、思っていたのとはずいぶん違うなぁという印象。いつも中途半端な笑みを浮かべ、なにがしたいのかわからないディディーヌは、なんだかあまり、素敵じゃなかった。

というよりわたしは、映画を観ている間中、ずっと自分のことを思い出していた。日本にいたころの自分。三十五歳のころの自分。生き方が定まらず、不満足な仕事をして文句を言っていた自分。何年も恋人のいなかった自分。自分が嫌いだったころの自分。

そしてふと、こんなことを思った。

パリに来てどうにか仕事に就き、調子よくやっているけれど、わたしは本質的にはいまもあのころと、なんにも変わっていないんじゃないか。スクリーンのディディーヌが合わせ鏡のようにわたしを映し、「日本でうまくやれなかったから、そこを飛び出してパリにやって来たけれど、それでめでたしめでたしというわけではないんだよ」と、言われている気がした。

赤い椅子の上で、思わず小さく膝を抱える。

外国に住むなんて聞こえがいいし、パリに住んでいるというだけでなんとなく格好がついているけれど、でもだからって、すべてが解決したわけじゃない。日本でうまくやれなかったから、出口を求めて、ここへ来ただけの話だ。

いつだったか杉浦さんに、パリで会社を興すなんて本当にすごいですよね、と言ったことがある。そのとき杉浦さんは、「いや、日本で会社を興す方が、おれにとってはハードルが高いことだよ」とこたえていたっけ。「日本の方がみんなガツガツ働いて競争が激しいから、生き残るのは難しい。それにおれみたいのでもなんとかなってるのは、おれがここでは、外国人《エトランゼ》だからじゃないかな」

外国人だということは、良くも悪くも特別枠なのだ。

もちろんここで家族を作って、ここに根を張って暮らしている日本人もたくさんいる。けれどわたしは、そこまでの覚悟があるわけじゃない。だからちょっとだけ無責任に、楽しく生きられているだけなのかもしれない。逃げた先でどうにか形になっているだけで、日本に帰ればまた、同じように行き詰まってしまうんじゃないか。そんな現実を——無意識に仕舞いこんでいた不安を——突きつけられた気がした。

エンドロールが流れる中、頭の中ではそんなことばかりが巡って、なかなか席から立ち上がることができない。劇場の明かりが点き、追い立てられるように外に出ると、すっかり日が暮れて、街は夜の姿に変わっていた。

パリの景観から浮きまくっている〈PAGODA〉の前に、同じくパリの街から浮いているわたしがぽつんと立って、なんだか心許《こころもと》ない。スマホの電源を入れても、誰からのメッセージもない。

どうにも手持ち無沙汰で、おもむろに煙草を取り出し、そっと火を点けた。

煙を吐き出し深呼吸して、気分を変え、ひとまずこう思うことにする。

〈でも、ここまでたどり着いたなんて、よくやったじゃない。

わたしにしたら上出来よ、がんばった方だわ。

自分のことをちょっとは褒めてあげてもいいんじゃない？
その気になったらニューヨークにだって行けるし、
日本に帰ってももちろん大丈夫。
都会でも田舎でも、どこでだって、きっとわたしはやっていける〉

自分にそう言い聞かせると、いつか見たリセエンヌの行儀の悪さを真似して、火の点いた煙草をポイと路上に投げ捨てた。

煙草は道端で、赤い火種を燃やしつづける。

線香のような細い一本の煙を上げながら。

ジリジリと、少しずつ煙草の葉が灰に変わっていく。

そのまま立ち去ろうかと思ったが、やっぱりなんだか気になって、わたしは煙草をくしゃっと踏み消し、吸い殻を拾い上げると、携帯灰皿の中に仕舞った。

わたしはパリにいてもどこにいても、生まじめで律儀な、日本人なのである。

解　説

カヒミ　カリィ

作者の山内マリコさんは一体どんな方なんだろう。

『パリ行ったことないの』の登場人物達は環境も性格もそれぞれだというのに、皆、自分の分身のような感じがする。村上春樹を読んだことのない私。古雑誌を整理しながら頭の中でパリの石畳を闊歩《かっぽ》する私。日仏学院の掲示板でパリの求人を眺める私。日々撮影に追われながら不安になり自問自答する私。夜中に電気を消したまま夫が入らなかった湯船に浸《つ》かる私。

県庁所在地の図書館にまで行き、ゲンズブールのCDを借りていた瑛子ちゃん。あの頃はレコードだったけれど彼女はまさに私そのものだ。当時、高校に行かずに陶芸家の弟子をしていたお風呂嫌いの親友がいたのだが、その子と美術少女のまいちゃんもとても似ている。フランス映画をダビングしたビデオやカセットテープを彼女に貸すたびに、いつも鋭い感想を返してくれるので私は彼女が大好きだった。私がパリに移住して、初めてパゴダで映画を観《み》た時の事も覚えている。六〇年代にゴダールの映画で活躍していたアンナ・カリーナが主演したテレビ映画『ANNA』を観に行ったら、何と劇場にアンナ本人も来ていて感動したことがあったのだ。けれど帰り道、映画通の友人から彼女は長い間ドラッグやアルコールに溺れて辛《つら》い時期があったと聞いて複雑な気持ちになった。

「C' est la vie（それが人生）」という言葉をフランス人はよく使うけれども、やはり憧れていたパリも実際住んでみると素敵なことばかりではないのだ。歳《とし》を重ねて出来る表情皺にも種類があるのを知った。タバコをポイ捨てする姿も映画で観ると何だかラフでいい感じだけれど、やっぱり本当は気持ち良いものじゃないなと日本人の私は思う。そんなちょっとした出来事も鋭く描かれていて、読んでいて何度もハッとさせられる。

そして作者の山内マリコさんはどんな方なのかな、と繰り返し思うのだ。

ところで私は二十代後半にパリに移住し、十年弱住んでから一度日本に戻り、その後日本人男性と結婚をして彼の仕事の関係で約四年前からNYに住んでいるのだが、同じ海外でもパリとNYに住んでいる日本人ではタイプが違うなぁと時々思う。例えば移住したきっかけも、話を聞くとそれぞれで興味深いのだ。パリの方は移住する前からフランス文化などに真剣に憧れていて、芸術やモード、料理などを学ぶために留学したりと、具体的な目標をあらかじめ持って住みだした人が多い。

それに対してNYの方は、何となく海外留学をしたくてLAなどの高校や大学に行ったのがきっかけだったり、友人に会いに観光で遊びに行ったまま住み着いたという人が多いように思う。

NYにずっと憧れていたという人は意外に少なくて、NYに来てからその魅力にはまってしまったという人が結構多いのだ。そして長く住んだ今でもNYが本当に好き、という人が多い。

それに対してパリの方は、住んでみたら憧れとは結構違っていたしウンザリすることもあるけれど、何故《なぜ》だか愛着があって離れられない、という人が多いように思う。これは私の印象なので違うかもしれないけれども……。パリの場合フランス語という第一関門があるので、英語圏よりも気軽でないし、話せないと本当に不便なことが多いというのもあるだろう。そういう意味ではパリという街は、住むのも離れるのも背中をグッと押してくれる何かが必要な場所だなと思う。

ところで日本ではパリというと〝おしゃれ〟の代名詞のようなところがあるけれども、NYに住んで、アメリカ人にとってもパリは〝おしゃれ〟な街なのだということを知って意外だった。

それまで、こんな風に人がパリに憧れるのは日本特有で、特に私の世代だけがそうなのではと思っていたのだ。日本とフランスの文化は共通点が多いのと、六〇年代のフランスのカルチャーはとても魅力的でそのリバイバルがあったからだ。でもNYの街を歩いていると、フランス系のカフェやレストラン、雑貨店、花屋はインテリアが素敵だったり、味やラッピングなどにもこだわりを持っているところが多く人気があり、映画やTVドラマで描かれるパリも素敵な場所という設定が多いように思う。ニューヨーカーにとっては、パリもロンドンもミラノも同列なのではないかと思っていたので面白いなと思った。

昔、アメリカ映画『麗しのサブリナ』の中で、主人公のオードリー・ヘップバーンがパリで花嫁修行をし、洗練された女性になって母国に戻ってくるという話があったのを思い出した。子供から大人までインターネットを駆使するようになった情報社会の今、さすがにそこまで何処《どこ》かの街に憧れるような事はもうないのかもしれない。でも、それでもパリが時代に流されない魅力を持った街であり続けてくれたらと思う。

子供の頃にパリに憧れ、二十代で移住し、そしてNYに住む今、私がパリをどう感じているかというと……、実は今でも初めてパリを好きになった時の気持ちのままかもしれないと思う事がある。

手続きが必要で役所に行ったらタライ回しにされたり、催涙スプレーを吹き付けられてカメラを盗まれたり、自由奔放で向こう見ずなボーイフレンドに振り回されたり……。もう本当に数え切れないくらいパリでウンザリしたはずなのに、それでもあの街の雑踏や明かり、人々の表情や会話などを思い出すと、全ての記憶や経験が大切で意味のあるもののように感じられるのだ。

ジェーン・バーキンがカバーした『These foolish things』という曲がある。それはフランスのものではないのだけれども、『パリ行ったことないの』を読んでいて、その歌詞をなぜか何度も思い出した。

タバコの吸殻　隣のアパートのピアノの音　移動遊園地の塗られたブランコ
最初の水仙の花　ウェイターの合図　最後のバーを閉める合図　こんな馬鹿げ

たことがあなたのことを思い出させる　なんて奇妙なこと　なんて素敵なこと
こんな馬鹿げたことが私には好ましい　それらが私にあなたを身近にさせる
こんな馬鹿げたことがあなたのことを思い出させる

この本の登場人物達に私が共感したのは、それは単に私がパリ好きだから、というだけではないと思う。山内マリコさんの文章は、生活の中の何気ない瞬間や人々のふとした想いを丁寧に描いていて、それが心のヒダにピタリと合うのだ。

パリの具体的な場所や作品名、会話の内容もそうだが、茶碗《ちゃわん》に残った卵かけご飯の跡や、部屋の明かりの雰囲気、誰もが胸に抱えているようなうっすらとした不安や希望、そんな些細《ささい》な部分がとても丁寧でそしてとても映像的で、忘れていた遠い記憶を掘り起こす。だからなのだと思う、あっという間に文章の中に入り込んでしまった。パリに憧れたことがない人でも、きっとこの作品を読んだら登場人物達に共感するだろう。そして読み終わった後、また一歩先に踏み出そうという気持ちになるかもしれない。それが世界の何処だとしても。

（KAHIMI　KARIE／ミュージシャン）

本書は、二〇一四年一二月、CCCメディアハウスから刊行されました。

初出
第一部は『フィガロジャポン』二〇一三年一〇月〜一四年九月号
第二部は単行本刊行時に書き下ろし

集英社文庫　目録（日本文学）

- 矢野隆　蛇衆
- 矢野隆　慶長風雲録
- 矢野隆　斗《とう》棋《ぎ》
- 山内マリコ　パリ行ったことないの
- 山内マリコ　あのこは貴族
- 山川方夫　夏の葬列
- 山川方夫　安南の王子
- 山口百恵　蒼い時
- 山﨑宇子　ラブ×ドック
- 山崎ナオコーラ　「『ジューシー』ってなんですか?」
- 山田詠美　メイク・ミー・シック
- 山田詠美　熱帯安楽椅子
- 山田詠美　色彩の息子
- 山田詠美　ラビット病
- 山田かまち　17歳のポケット
- 山田吉彦　ONE PIECE勝利学
- 山中伸弥 畑中正一　ひろがる人類の夢 iPS細胞ができた!
- 山前譲・編　文豪の探偵小説
- 山前譲・編　文豪のミステリー小説
- 山本一力　銭売り賽《さい》蔵《ぞう》
- 山本一力　戌《いぬ》亥《い》の追風《おいて》
- 山本兼一　雷神の筒
- 山本兼一　ジパング島発見記
- 山本兼一　命もいらず名もいらず(上) 幕末篇
- 山本兼一　命もいらず名もいらず(下) 明治篇
- 山本兼一　修羅走る 関ヶ原
- 山本文緒　あなたには帰る家がある
- 山本文緒　ぼくのパジャマでおやすみ
- 山本文緒　おひさまのブランケット
- 山本文緒　シュガーレス・ラヴ
- 山本文緒　まぶしくて見えない
- 山本文緒　落花流水
- 山本幸久　笑う招き猫
- 山本幸久　はなうた日和
- 山本幸久　男は敵、女はもっと敵
- 山本幸久　美晴さんランナウェイ
- 山本幸久　床屋さんへちょっと
- 山本幸久　GO!GO!アリゲーターズ
- 唯川恵　さよならをするために
- 唯川恵　彼女は恋を我慢できない
- 唯川恵　OL10年やりました
- 唯川恵　シフォンの風
- 唯川恵　キスよりもせつなく
- 唯川恵　ロンリー・コンプレックス
- 唯川恵　彼の隣りの席
- 唯川恵　ただそれだけの片想い
- 唯川恵　孤独で優しい夜
- 唯川恵　恋人はいつも不在

集英社文庫　目録（日本文学）

唯川恵　あなたへの日々
唯川恵　シングル・ブルー
唯川恵　愛しても届かない
唯川恵　イブの憂鬱
唯川恵　めまい
唯川恵　病む月
唯川恵　明日はじめる恋のために
唯川恵　海色の午後
唯川恵　肩ごしの恋人
唯川恵　ベター・ハーフ
唯川恵　今夜 誰のとなりで眠る
唯川恵　愛には少し足りない
唯川恵　彼女の嫌いな彼女
唯川恵　愛に似たもの
唯川恵　瑠璃でもなく、玻璃でもなく
唯川恵　今夜は心だけ抱いて

唯川恵　天に堕ちる
唯川恵　手のひらの砂漠
湯川豊　須賀敦子を読む
行成薫　名も無き世界のエンドロール
行成薫　本日のメニューは。
雪舟えま　バージンパンケーキ国分寺
柚月裕子　慈雨
夢枕獏　神々の山嶺《いただき》㊤㊦
夢枕獏　黒塚 KUROZUKA
夢枕獏　ものいふ髑髏《どくろ》
夢枕獏　秘伝「書く」技術
養老静江　ひとりでは生きられない ある女医の95年
横幕智裕 周良貨／能田茂・原作　監査役 野崎修平
横森理香　凍った蜜の月
横森理香　30歳からハッピーに生きるコツ
横山秀夫　第三の時効

吉川トリコ　しゃぼん
吉川トリコ　夢見るころはすぎない
吉木伸子　スーパースキンケア術 あなたの肌はまだまだキレイになる
吉沢久子　老いをたのしんで生きる方法
吉沢久子　老いのさわやかひとり暮らし
吉沢久子　花の家事ごよみ 四季を楽しむ暮らし方
吉沢久子　老いの達人幸せ歳時記
吉沢久子　吉沢久子100歳のおいしい台所
吉田修一　初恋温泉
吉田修一　あの空の下で
吉田修一　空の冒険
吉田修一　作家と一日
吉永小百合　夢の続き
吉村達也　やさしく殺して
吉村達也　別れてください
吉村達也　セカンド・ワイフ

集英社文庫

パリ行《い》ったことないの

2017年4月25日　第1刷
2020年1月15日　第3刷

定価はカバーに表示してあります。

著　者　山内《やまうち》マリコ

発行者　徳永　真

発行所　株式会社　集英社
東京都千代田区一ツ橋2-5-10　〒101-8050
電話　【編集部】03-3230-6095
【読者係】03-3230-6080
【販売部】03-3230-6393(書店専用)

印　刷　中央精版印刷株式会社　株式会社美松堂

製　本　中央精版印刷株式会社

フォーマットデザイン　アリヤマデザインストア　　マークデザイン　居山浩二

ISBN978-4-08-745570-0 C0193